料理屋おやぶん
～迷い猫のあったかお出汁～

千川冬 senkawa tou

アルファポリス文庫

https://www.alphapolis.co.jp/

目次

序

「ありがとうございました」

深々と頭を下げ、お鈴《すず》は店の外に出た。

いつの間にやら夕暮れだ。往来は真っ赤に染まり、行きかう人はめいめいに帰り道を急いでいる。居酒屋の前にぽつりと佇《たたず》むお鈴になど、誰も目もくれない。

ふう、とため息をついた。

大通りを過ぎて、川沿いの道を歩く。

強い風が吹き、はためく裾を押さえた。まだ秋半ばだが、空気が肌寒くなってきたように感じる。早くみと屋に帰ろうと足に力を込めた時だった。

「もし、そこの方」

どこからか、声がした。

見回すと、川べりに人影があった。風体《ふうてい》は虚無僧《こむそう》のようで、黒い小袖めいたものを着て、深い藁《わら》の編み笠を被っている。椅子に座るその人の前には、簡素な木の机が設《しつら》えられており、黒々と「占」と書《しょ》された行灯《あんどん》が置かれていた。占というからには、占い師なのだろうか。

あたりにはお鈴しか見当たらない。再び「もし」と聞こえて、編み笠の人がお鈴に向かって手招きをした。

「あ、あたしですか」

自分に何か用だろうか。おそるおそる机に近づく。

「ああ、そうだ、おぬしだ。突然声をかけてすまなんだ」

笠に隠れて顔は伺えないが、声からして壮年の男のようだ。深みと落ち着きのある声音に、警戒していたお鈴の心が少し和《やわ》らぐ。

「はい。いえ。あの、あたしに何か御用ですか」

「うむ。おぬしの顔にずいぶん暗い相が出ておったのでな。つい声をかけてしもうた。許してくれ」

「あ、いえ、そんな」

「おぬし、深い悩みがあるのではないか」

どきりとした。

「いえ、その、はい、あの」

どう答えていいやら、おろおろする。

「その悩みごとは、男のことであろう」

「分かるんですか」

喉からつるりと出てしまい、慌てて口を押さえた。

「拙僧は八卦《はっけ》や人相見《にんそうみ》を修めておってな、語らずとも人の悩みごとが見えるのだ。よければそこに座って話してみぬか。力になれることがあるやもしれぬ」

弱っていた心が揺れる。

「でも、あたしそんなに持ち合わせがなくて」

「なに、拙僧は金もうけのために占いをしているのではない。困っている者達の助けになりたくてこの稼業をしているのだ。銭のことは心配せずともよい」

温かな言葉に誘われるように、置かれた椅子にふらふらと座った。そんなお鈴を、男はじっと見た。

「ふむ。おぬしの悩めるお人……そうさな、おそらく年上の男ではないかの」

「あ、はい。そうなんです」

心の靄《もや》を言い当てられて、はっとする。本当にこの人は特別な力を持っているのかもしれない。もしかしたら、この人ならば。

「あの、あたし、おとっつあんを捜しているんです」

「ほう、御父上を」

「はい。あたしのおとっつぁんは、甲州街道《こうしゅうかいどう》で料理屋をやってたんです。飯が道を開くが口癖で、いつもお客さんを想った料理を出すから店も繁盛してました。それが、わけも話さずに急にいなくなってしまったんです。心労がたたったおっかさんは病で死んでしまって、それで、おとっつぁんを捜しにひとりで江戸にやってきたんですけど、なかなか見つからなくて」

風呂敷一つで江戸に出てきて半年。今はみと屋という料理屋に居候《いそうろう》しながら暮らしており、買い出しや店の休みを使っておとっつぁんを捜す日々だ。

実は今日もおとっつぁんを捜していた。どこかの料理屋や居酒屋で料理人として働いているかもしれないと思い、店に話を聞いて回ったのだが、それらしき手がかりは見つからずじまいだった。捜せど捜せど杳《よう》として知れぬ消息に、お鈴の心は疲れ果てていた。

「では、今はひとりで暮らしておるのか」

「はい。江戸にやって来て行き倒れかけたところを、みと屋っていう料理屋の人に助けてもらって、そこで働きながら暮らしています」

誰かに話を聞いてもらいたかったのかもしれない。つい口が軽くなり、胸の奥から言葉が滑り出ていく。もっとも、お鈴を助けてくれた「みと屋っていう料理屋の人」

については詳しく語らなかった。なにせ、元やくざの親分が料理屋を開いていて、行き倒れていた小娘を助けただなんて、誰が信じてくれようか。

「ふむ、料理屋か。なるほどな」

男は机に並べてあった、たくさんの木の棒を手に取った。

「これを知っておるか」

「分からないです」

「これはな、筮竹《ぜいちく》といって海の向こうの国で生まれた易術の道具じゃ。これでおぬしを見てしんぜよう」

箸よりも細長い棒を何十本も片手で持ち、もう片方の手に叩くように当てる。ぶつぶつと口の中で呟きながら、何本かを抜き出して両手で組み合わせ、その動きを何度も繰り返す。やがて。

「うむ、なるほど」

「あの、何か、わかりましたか」

男は頷いた。

「おぬしの御父上には深い事情があったようだな」

「そうなんです」

お鈴は身を乗り出し、食いつくように言葉を紡《つむ》いだ。

「おとっつあんは元々、お城の料理人だったらしいんです。でも、お城で起きた事件の濡《ぬ》れ衣《ぎぬ》を着せられて、そこから逃げてたみたいで。それで、ひっそり料理屋をやっていたのに、おとっつあんを追ってくる人が来て、あたし達家族に迷惑をかけないために、姿を消したんじゃないかって」

理由を告げずに姿をくらませたから、お鈴も確かなことは知らない。ただ、みと屋の人が調べてくれた話を繋ぎ合わせて、今ではおぼろげに事情を理解していた。それを吐き出すように口にする。

おとっつあんは元気だろうか。怪我はしてないだろうか。飯は食べているだろうか。鼻の奥がつんとなり、涙をこぼさぬように眉根に力を入れる。

「そうか、拙僧が視た限りでも、そのように出た。辛かったろうな」

「あの、おとっつあんはどこにいるんでしょうか。何か、手がかりでも分からないでしょうか」

「どれ」

男は再び細い棒を手に取り、じゃらじゃらと交ぜ合わせた。まじないのような言葉を唱えた後、両手を上げて「ふん」と気合を入れた。と、思うと動きを止め、虚空《こくう》を見つめる。

やがて、男はゆっくりと手を下ろした。

「待ち人、便りある」

「え」

「そう卦《け》が出た。安心なされよ。拙僧の見立てでは、御父上からきっと便りがあることだろう」

「本当ですか」

「うむ。拙僧を信じなされ」

「あ、ありがとうございます！」

お鈴は立ち上がり、深々と頭を下げた。しょせんは占いだから眉唾《まゆつば》かもしれない。けれど、気休めだとしてもその前向きな言葉は、沈んだ心に一筋の光を与えてくれた。温かみのある声音からも信じられる人だと思えたし、銭も取らずに占ってくれるのだから、優しい占い師なのだろう。

「なかなか手がかりが見つからなくて、落ち込んでたんです。でも、元気になりました。占い師さんのおかげです。ありがとうございます」

「なに、気になされるな。御父上に早く会えるとよいな」

「はい。占いを信じて待ってます」

「うむ。そういえば、おぬしはどのあたりに住んでおるのだ」

「はい、水道橋《すいどうばし》を渡ったところです。大きな柳の木のそばにある『みと屋』という料理屋で働いてます。よかったら食べに来てください」

編み笠越しに、目が光ったような気がした。

「寄らせてもらおう」

「はい、お待ちしています」

「気を付けて帰りなされ」

「ありがとうございました」

今度こそみと屋への帰り道を歩き出す。その足取りは先ほどより軽く感じられた。

第一話　迷い猫のあったかお出汁《だし》

一

しと、しと、しと。

規則的に聞こえるのは雨音だ。ここのところ空模様が悪く、強くも弱くもないじっとりとした雨の日が続いている。

「客が来ねえ」

ぼそりとだみ声がして、お鈴はぬか床を捏《こ》ねる手を止めた。

厨房から店を覗くと、銀次郎《ぎんじろう》が機嫌悪そうに煙管《キセル》をふかしていた。

店内には他に誰もいない。銀次郎が居座る小上がりに加えて床几《しょうぎ》が二つだけ並ぶ、いつもどおりの閑散《かんさん》とした光景だ。

「お客さん、来ないですねえ」

銀次郎は「ふん」と鼻を鳴らして、煙管《キセル》を火鉢に打ち付けた。

「あの、あたし、呼び込みとかしてきましょうか。そうしたらもう少しお客さんも来るかも」

「そんな小細工するんじゃねえ。料理屋ってのは、飯で客を呼ぶもんだ。おめえは旨《うま》い飯を作ることだけ考えてりゃあいい」

「は、はい」

そうは言ってもなあ、と思う。

なんたってここは、普通の料理屋じゃないからなあと。


お鈴が働くこの店は、料理屋「みと屋」。

神田明神《かんだみょうじん》から歩いて少し、水道橋を渡ってすぐ。川べりにある二階建ての建物で、店の隣には立派な柳の木が生えている。

料理を出すのは日中のみで、酒やつまみは扱っていない。誰でも気軽に食べられる定食が主だ。だが近くの店よりもお足はお手頃。自慢じゃないが、食材だって負けちゃいない。

それなのに、この店にはいっこうに客が来ず、いつだって閑古鳥《かんこどり》が鳴いている。

それもそのはず。

小上がりで鼻を鳴らす料理屋の主こと銀次郎は、かつてやくざの大親分だった人物。仁義を大切にし、地元の民を愛した名親分で、今はすっぱり足を洗っているのだが、やくざの親分が開いた料理屋という噂《うわさ》だけが独り歩きして、なかなかお客が寄ってこない。それどころか愛嬌《あいきょう》の欠片もない銀次郎である。ずんぐりと大柄な身体つきにいかつく平たい顔。目と目の間は広がっていてひきがえるそっくり。客がいようといまいと不機嫌そうに小上がりで煙管《キセル》をふかしている。

時たま怖いもの見たさで入ってくる客や、事情を知らずにやって来る客もいるにはいるが、銀次郎に怯《おび》えてそそくさと帰ってしまう。お鈴もずいぶん銀次郎に慣れたとはいえ、いまだに話すのは少しどきどきする。

実のところ、銀次郎が怖いのは見た目と物言いだけで、本人としては訪れるお客を精一杯歓迎しているつもりだし、人を思いやる気持ちは誰よりも深い。銀次郎が「みと屋」を開いた理由というのも、やくざの稼業に疲れた心を料理に救われ、自分も誰かの心を救えるような料理を食わせてやりたいと思ったからだ。

お鈴がこんな訳ありの店で料理人をしているのも、父を捜しに江戸に出てきて行き倒れたところを銀次郎に助けられたためである。ちなみに銀次郎の心を救った料理人というのがお鈴の父であるのだから、縁とは妙なものだ。

助けられた恩を返すためにも、なんとか「みと屋」を繁盛させたいのだが、こうした事情もあって前途多難であった。

看板障子《かんばんしょうじ》ががたんと開いた。

激しい音にお鈴はびくりとし、銀次郎が嬉しそうに「おう、客かい」と言う。

「大変大変大変」とつむじ風のように暖簾《のれん》をくぐってきたのは、目元涼しい色男。みと屋の仲間である弥七《やしち》だった。

「なんでえ、おめえか。騒々しい」

「ねえちょっと大変大変」

鼠色《ねずみいろ》の着物に洒落《しゃれ》た根付をたらしており、形のいい唇には紅が一差し。身体つきはなよりと細く、ふわりとした口ぶりからはどこぞの役者にしか思えない。ところがこの男、カマイタチの弥七とあだ名された凄腕の殺し屋だから、人は見かけによらないものである。かつては紙切れのように薄く研《と》いだ匕首《あいくち》を懐《ふところ》に忍ばせており、その切り口があまりに鋭かったことから名づけられたそうな。

「客じゃねえ奴は、とっとと帰れ」

「もう、そんなこと言ってる場合じゃないのよ、大変なのよ」

弥七は何やら抱えておろおろし、その場を右往左往する。

「弥七さん、どうかしたんですか」

「ああ、もうお鈴ちゃん、どうしましょう、これ。ちょっとこっちに来てちょうだい」

近寄ると、弥七は抱えていたものを丁寧な手つきで床几《しょうぎ》に下ろした。

「まあ」

「うむ」

置かれたものを覗き込んで、お鈴と銀次郎は声を漏らした。

そこにいたのは、弱ってぐったりとした、小さな黒猫だったのだ。雨に濡れぼそって毛はべったりと貼りついており、身体つきはずいぶんと薄い。目をつぶって細かく震えていた。

「茶屋で団子を食べてた帰りにね、神社にお参りしに行ったのよ。ぱんぱんって手を合わせてさあ帰ろうかっていう時に、なんだかみいみい聞こえるじゃない。そしたら、境内《けいだい》の下でこの子が丸まって鳴いてたのよ」

「それで、連れて帰ってきちまったのか」

「だって、ほうっておけないじゃない」

「おめえ、ここは食いもん屋だぞ」

「もう、うるさいこと言わないの。ね、お鈴ちゃん、どうしたらいいかしら」

すがるような目を向けられて困り果てる。お鈴も犬猫を世話した経験はないのだ。だが丸まって震えている姿があまりにもかわいそうで、「と、とりあえず火鉢の側で寝かせてあげますか」と提案したのだった。

＊

黒い毛が上下に動く。手ぬぐいで水を拭いてやって、震えも落ち着いた。芯から冷え切っていた身体も、火鉢の側で温まってきたようだ。

「息がゆっくりしてきましたね」

「ああ、よかったあ。死んじゃったらどうしようかと思った」

胸を撫でおろす弥七に、銀次郎はふんと鼻を鳴らした。

「後で、湯で洗ってやらねえとな。毛がずいぶん汚れてやがる」

「本当ねえ。まあ神社の境内《けいだい》にいたんだもんねえ」

三人で黒猫を眺めているうちに、お鈴はあることに気づいた。

「首のところに、何か付いてませんか」

「あらやだ、本当ね」

黒猫の首のまわりには、赤い糸のようなものが巻かれていた。赤の中に黒も交じっており、上等なものではなさそうだが、組み紐か何かだろうか。

「動転してて気づかなかったけど、この子、誰かん家《ち》の子かもね」

「迷子になって帰れなくなっちゃったんでしょうか」

「ううん、そうかもねえ」

銀次郎が「おい」と鋭い声を投げた。

「見ろ」

黒猫の瞼《まぶた》がゆっくり開こうとしていた。

「ああ、目を開けましたよ」

「よかったわあ。一時はどうしようと思っちゃった」

「本当によかったですね」

「ほら、もう大丈夫よ。ね、おいでおいで」

弥七が手招きをするが、黒猫は弱々しくみぃと鳴くばかり。身体を動かす力がなさそうだ。

「ばかやろう、まだ病み上がりだぞ」

銀次郎に叱られて、しょんぼりする弥七。

「ずいぶん弱ってるのが見て分かるだろう。それに腹回りもぺらぺらじゃねえか」

「あら本当だわ。お腹がぺったんこ」

銀次郎の指摘通り、腹回りは薄く全体的に骨ばっている。雨に打たれて弱っていただけでなく、しばらく何も食べていなかったのだろう。

「大変、何か食べさせてあげなきゃ。ええと、猫だからやっぱり魚でも焼いてあげるのがいいかしら。そうね。鯖《さば》なんてどうかしら」

「ばかやろう」と一喝。

「おめえ、風邪っぴきの時にそんなもん食いたいのか。丸呑みなんぞしても困るし、すきっ腹に重いもん食わせたら、腹がびっくりしちまう」

銀次郎は膝をぱしりと叩いて、「よし」と立ち上がった。

「俺が腕によりをかけてやる」

「いや、親分、それはやめたほうがいいんじゃ」と弥七が止める間もなく、銀次郎は小上がりを降りて、のしのしと厨房に入っていった。

呆気に取られて厨房を眺めていると、中から聞こえてくるのは、がたん、ごとん、がしゃん、といった騒がしい音。時たま「いてえ」と呻《うめ》く声がする。心配で様子を見に行こうかと何度も腰を上げかけたが、そのたびに弥七が首を横に振った。

しばらくして。

厨房から姿を現した銀次郎は、平皿を手に持っていた。

得意げな顔で、「ほら」と小上がりに置く。

その皿に盛られているのは、何やらどろっとした赤いものである。お鈴が知る限り、こんな見た目の料理は存在しない。気のせいか、まがまがしい気配すら放っているように見える。

「さあ、食え」と黒猫の前に押しやる手を、弥七が止めた。

「ちょっと親分、なによこれ」

「見りゃあ分かるだろう。粥《かゆ》だ」

「粥って、こんな色してたかしら」

「うるせえ、力が湧くように特別に作ってやったんだ。文句あるか」

「ちょ、ちょっと、この子に食べさせる前に毒見させてちょうだい」

弥七は木杓子《きじゃくし》を取って来て、赤いどろどろを恐る恐る口に運んだ。

しばし口を動かしていたが、やがて顔が白くなり青くなり、その場をぐるぐるし、猛烈な勢いで厠《かわや》に駆け込んでいった。

戻って来て水を一息に飲み干した後、「なんなのあれは！」と銀次郎に詰め寄る。

「なんだか辛いし、苦いし。どうしたらあんな食い物が作れるのよ」

「ばかやろう、身体が温まるように生姜《しょうが》と唐辛子を入れてやっただけじゃねえか」

「ああ、だからあんなに赤かったのね」と弥七は手を額《ひたい》に当て、弱々しく呟いた。

「あのね、何度も言ってるけど、親分に料理の腕はないの。もうね、これっぽっちもないの。今はお鈴ちゃんっていう腕っききの料理人がいるんだから、親分は大人しくしてなさい。こんなん食べさせたら余計に具合が悪くなっちゃうわ」

そう、銀次郎も弥七もいるのに、お鈴がみと屋で料理人として雇われた理由。それは、店の主である銀次郎に料理の腕がなさすぎるからだった。なにせ料理どころか握り飯すらまともに作れない有様《ありさま》である。塩っ辛くなったり、妙に硬かったり、そのくせ変に自己流の料理を作りたがるから質《たち》が悪い。

銀次郎の料理では店に人が呼べるはずもなく、弥七はそもそも料理ができない。料理人を雇っても銀次郎が気に食わず辞めさせてしまう。ちょうどそんな時にお鈴が転がり込んできて、料理の腕を見込まれてみと屋で働くことになったのだった。

銀次郎に助けられた時に、まずいまずい握り飯を食べさせられたことを思い出す。銀次郎はむっとした顔をしていたが、「ふん」と大きく鼻を鳴らした。

「おい、お鈴」

急に呼びかけられて、「は、はい」と返事が裏返る。

「こいつに粥みたいなもん作ってやれ」

「あ、はい」

「それとな、葱《ねぎ》は使うな」

「そうなんですか」

「猫に葱《ねぎ》を食わすと身体を壊しちまう」

＊

しと、しと、と雨音だけが店内に響く。

盆に料理を載せて戻ると、ぐったり横たわる猫を、銀次郎と弥七が見つめていた。

「おまたせしました」

「あら、いい匂い」

「なにが食べられるか分からないので、色々作ってみました。これは粥で、これは葛《くず》湯《ゆ》で」

身体を乗り出して銀次郎が覗き込む。

「食えねえもんはねえな。だが熱い。おい弥七、もう少し冷ましてやれ」

「わ、わかったわよ」

弥七は団扇《うちわ》を引っ張り出し、扇《あお》いで冷まし始めた。

「猫は熱いもんが食えねえ。舌を火傷《やけど》しちまわあ」

「銀次郎さん、お詳しいんですね」

てきぱきした指示に感心する。

「ほんとよお。なあに、親分、実は猫が大好きなんじゃないの」

銀次郎は「ふん」とばつが悪そうに鼻を鳴らし、お鈴と弥七は顔を見合わせてくすくす笑ったのだった。

十分に冷ました粥を、猫の口元に置いてやる。

漂《ただよ》う香りに釣られたのか、猫は薄く目を開けた。鼻を動かし碗の匂いを嗅ぐ。そろりそろりと頭を動かし、赤い舌を出した。

ちろり。

舌で一舐め。

弥七が「食べた！」と嬉しそうな声を上げた。

その喜びもつかの間。猫は目を細め、碗から口を離してしまった。

「あああ、食べない」

「別のを出してやれ」

銀次郎に言われ、別の料理を出す。今度は葛湯《くずゆ》だ。

猫は再び匂いを嗅いで、舌で一口舐めた。だが、後は見向きもしない。

「もう、なんで食べてくれないのかしら」

「飼い猫ってのはな、餌の捕り方を忘れちまう。そうしてその家で用意された飯しか食わなくなっちまう」

「じゃあなによ。よそん家の食い物は食べられないっていうの。もう、こんな時に贅《ぜい》沢《たく》なんだから」

「おい、お鈴、砂糖水を作ってやれ」

「は、はい」

言われるがままに砂糖を水に溶かしたものを作り、口元に持っていってやる。

すると。

ちろり。ちろり。

少しずつ、ゆっくりではあるが、砂糖水を舐め始めた。

「やった、舐めてるわよ、お鈴ちゃん」

「はい、よかったです」

一安心し、弥七と手を取り合う。しかし、「こいつは時間稼ぎにしかならねえ」という銀次郎の言葉に、どきりとした。

「砂糖水じゃあ力はつかねえ。こんだけ弱ってる身体を戻すには、きちんと食わさなきゃあいけねえ。だがな」

「その家の飯でないと、食べないんですか」

「うむ」と銀次郎は渋い顔で腕組みをした。

「それじゃあ、この猫の飼い主を見つければいいのね」

弥七が神妙に頷く。

「まかせて、あたしが必ず見つけ出してくるわ」

そう言って、弥七は竜巻のように雨の中を駆け出していった。

二

「弥七さん、帰ってきませんね」

猫を膝に乗せたまま、銀次郎は「ふん」と鼻を鳴らした。

「どっかほっつき歩いてるんだろうよ。そのうち帰ってくらあ」

雨の中に飛び出していった弥七だが、とうとうその日は帰ってこなかった。一夜が明け、相変わらず猫は弱ったままである。銀次郎が甲斐甲斐《かいがい》しく砂糖水をやって膝の上で温めているが、ぐったりと目をつむって弱い息をするばかり。

なんとか一日も早くよくなってほしい。そう願いながらお鈴もじっと見守った。

「おやじさんの手がかりは、何か分かったか」

猫に目をやったまま、銀次郎がぼそりと言った。

「いえ……なにも」

「そうか」

火鉢の炭が爆《は》ぜて、ぱちりと音を立てた。

「料理屋や居酒屋の人に尋ねてはいるんですが、それらしき人は見つからずです」

町に買い物に出たついでに、料理と関わりがある店を見つけては話を聞かせてもらっている。しかし、おとっつあんの足取りはおろか何の手がかりも見つけられてはいなかった。

「どっかの店で働いてりゃあ耳に入るようになってるんだが、俺のところもまだだ」

「そうですか」

江戸の町に繋がりの深い銀次郎でも見つけられないとなると、おとっつあんはいったいどこにいるのだろう。本当に江戸にいるのだろうか。

「裏のほうも調べさせているが、そっちもまだだ」

「裏、ですか」

「裏稼業の奴らも料理人を抱えているからな」

まさか危ない場所に出入りしているのだろうか。危険な目に遭っていないだろうか。

不安がどっと押し寄せてくる。

顔の翳《かげ》りを察したのか、銀次郎が「万が一の話だ」と言った。

「あんまり大っぴらに動くと、おやじさんを捜してる奴らに勘づかれちまうからな。おめえも焦るんじゃねえぞ」

「はい」

話が途切れるとしんと静かになり、気まずさが生まれる。不器用な銀次郎の性格もよく分かっているのだが、こうして二人きりになると、まだ居心地の悪さを覚えることがあった。

銀次郎はむっつりとしたまま、膝上の猫の背中を撫でている。

「今日も、何も食べませんね」

「うむ」

再び粥などの食べ物を与えてみたものの、やはり口に入れようとはしなかった。

「早く飼い主さんが見つかればいいですね」

と言ったその時。

看板障子《かんばんしょうじ》ががたんと開いた。

「おう、客かい」

「見つかったわよ」

嵐のように飛び込んできたのは、弥七だった。

「なんでえ、おめえか」とふてくされる銀次郎を無視して弥七が叫んだ。

「その子の飼い主が見つかったわよ」

＊

昨日の雨はからりと晴れあがり、気持ちのいい青空が広がっている。しかし爽《さわ》やかな頭上とは裏腹に、足元は水たまりが残っており道もぐずぐずしたままだ。

「ああもう、ちょっと歩いただけで泥だらけ。ああ、やだ。着物にも泥が跳ねちゃってるじゃない。ほんと、いやあねえ」

ぬかるむ地面に目をやりながら、弥七がふてくされる。

「弥七さん、よくすぐに見つけられましたね」

「そうなのよ、凄いでしょう。あの子弱ってたから、そんなに遠くから来たわけじゃないと思って、神社の近くで聞き込みをしていったのよ。そしたら大当たり。これから行く八五郎《はちごろう》長屋ってとこに住んでる、お粂《くめ》って人が面倒見てる猫じゃないかって」

「これであの猫が食べられるものがわかれば、きっとすぐに元気になりますね」

「そうね。でもねえ」

弥七は少し寂しそうに言った。

「あの子が元気になったら、飼い主のところに返さないといけないのよねえ」

八五郎長屋は、六軒ほどの住まいが並ぶちんまりとした長屋だった。大家が八五郎という人なので、八五郎長屋らしい。

「ここのね、木戸から二つ目に住んでるそうなのよ」

お粂の住まいらしき前に立ち、弥七は障子を叩いた。部屋はしんとして、何の物音もしない。「ちょいと、お粂さーん」と何度か呼び掛けても、静まり返ったままだ。

「留守なんでしょうか」

そうかもねえ、と言いながら、弥七は「ちょいとごめんよ」と障子を開けた。

と、そこに広がっていたのは、夜具や食器などの物一つないがらんとした部屋。

生活の匂いはなくて空気もぬるく、人が出入りしていない印象を受けた。

「え……これって」

「ちょっと、どうなってるのかしら」

二人で呆然としていると、隣の部屋の障子が開き、腰の曲がった老婆が顔を覗かせた。

「なんだい騒々しいねえ。あんた達何の用だい」

「あたし達お粂さんって人に用があってきたんだけど。なにこれ、引っ越しちゃったのかしら」

「ああ、そりゃあ残念だったねえ」

老婆は部屋の中にちらりと目をやった。

「お粂さんは死んだよ。先週のことさね」

＊

お粂は八五郎長屋にひとりで住んでいたという。

年のころは六十前くらい。悪い人ではないのだが、人のやることなすこと口を出してきて、周りとも馴染《なじ》みにくいところがあった。旦那は女を作って出ていってしまい、ひとり娘も別の長屋で暮らしているのだそうな。

ひとり暮らしの寂しさを紛らわすためか、いつからか迷い込んだ猫を飼うようになり、自分でこしらえた赤い紐を首につけたりもしてやったらしい。人嫌いなわりに、ずいぶん猫を可愛がっていたようで、夜な夜な話しかけている声が薄い壁越しに聞こえてきたという。

一週間ほど前のこと。いつまでたっても起きてこないお粂を心配して長屋の連中が見に行ったところ、夜具の中で冷たくなっていた。

前の日まで具合が悪そうにも見えなかったから、寝ている間にぽっくりいったのだろう。ひとり娘にも知らせてやったが、親とは縁を切っているとにべもなく返され、長屋の大家が葬《ほうむ》ってやったのだとか。

「あの、本当に行くんですか」

「なに、お鈴ちゃん、心配なの」

「それはそうですよ。だって、さっきのお婆さんの話だと、娘さんは縁を切っているそうですし」

そう、お粂が亡くなったことを知った弥七は、なんと娘のところに行って猫が食べられるものを聞き出そうというのだ。

「だってもうそれしか手がかりがないじゃない。さっきのお婆さんも、お粂さんが猫に何を食べさせてたかなんて知らないって言ってたし」

「でも、娘さんは何年もお粂さんと会っていないようでしたよ」

「もしかしたら、子どもの時にも猫を飼ってたとか、何か分かるかもしれないじゃない。なんとかしてあげないと、あの子が死んじゃうのよ」

「それはそうですけど」

押しかけていいやら不安を覚えながら話しているうちに、娘が住んでいる長屋に着いてしまった。

八五郎長屋の老婆に教えてもらったところによると、娘の名はおミヨ。まだ結婚もせずひとりで住んでいるそうだ。

「ちょいとごめんよ」

弥七が戸を叩く。中から物音が聞こえて、障子が開いた。

「どちらさんです」

中から出てきたのは、小ざっぱりした着物の三十過ぎの女だった。身体つきは細く優しげな顔立ちをしているが、見知らぬ男女の姿に眉根を寄せている。

「突然すまないねえ。あんたがおミヨさんかい」

「ええ、そうだけど」

「ああ、よかった。あたしはさ、弥七っていうもんだけど。あ、こっちはお鈴ちゃんね。ちょいとあんたのおっかさんのお粂さんのことで訊《き》きたいことがあってね」

そう言ったとたん。

おミヨはこちらを鋭く睨《にら》みつけた。

「もうあの人とは縁を切ってるんだ。話すことなんて何一つないよ」

そう言い放って、目の前でぴしゃりと戸を閉めたのだった。

三

「とまあ、そんなことになってるのよ。ねえ親分、どうしましょう」

困り果てた弥七とお鈴は、みと屋に戻ってきた。

泣きつく弥七に銀次郎は「ふん」と鼻を鳴らすが、心なしかいつもより声を抑えている。それもそのはず、火鉢の前で胡坐《あぐら》をかく銀次郎の膝元には、猫がぐったりと横たわっているのだ。二人が出かけていた間も、甲斐甲斐しく面倒を見ていたようだ。

「その娘から話は聞けそうにないのか」

「もうにべもないわよ。戸も開けてくれないんだもの」

「長屋の連中で手がかりはねえのか」

「隣に住んでた人にも訊《き》いてみたわよう。でも、猫にやってた食べ物なんて誰も覚えちゃいないわよ」

「うむ」

腕組みをする銀次郎。

「あたし、猫が食べられそうなものをかたっぱしから作ってみましょうか」

薄くなった腹を上下させる猫を見ていると、胸が締め付けられる。手を動かして少しでも力になりたかった。

「そうね。それがいいわ。どれか食べられるかもしれないし。お鈴ちゃん、もうじゃんじゃん作ってちょうだい。いるものあったら、あたしが購《あがな》ってくるから」

「それしかねえか」

銀次郎は深く頷いた。

「よし、お鈴。今日はこれで店じまいだ。こいつが食えそうなもんを作ってやれ」

「はい」

「大丈夫よ、どうせ客なんて来やしないんだから」

「うるせえ、ばかやろう」

二人の声を背中で聞きながら、暖簾《のれん》を下ろそうとした時。看板障子《かんばんしょうじ》が開いた。

「おう、すまねえ、今日はあいにく……なんでえ、てめえか」

暖簾《のれん》をくぐって姿を見せたのは、黒羽織に二本差し。袂《たもと》からは朱房《しゅぶさ》の十手《じって》。なよっとした顔の同心・新之助《しんのすけ》であった。

「あれっ、すみません。もしかして取り込み中でしたでしょうか」

いつもと違う雰囲気に、新之助はきまりが悪そうに頭を掻いた。

内藤《ないとう》新之助は南町奉行所の定町廻《じょうまちまわ》り同心である。

やくざの親分と同心とは誰が見ても相性が悪そうなものだが、ひょんなことからみと屋の常連になってしまった。心優しく真面目な同心ながら生真面目すぎるのが玉に瑕《きず》で、融通が利かぬこともしばしば。今ではずいぶんと丸くなったものの、堅物ゆえに奉行所にはあまり友達がいないらしく、そのせいなのか知らぬがちょくちょくみと屋に昼飯を食べにやって来る。

「それで、神社の近くの長屋に行ったんだけど。あ、その神社ってのは猫を見つけた神社ね。で、その長屋に住んでた人の娘さんなんだけども」

新之助は眉間に皺《しわ》を寄せ、目をつむって人差し指でこめかみを押さえていた。なにせ弥七の説明はあちらへ飛び、こちらへ飛び、話が寄り道してしまうものだから、聞いているほうも大変だ。

「ええと、つまり。弥七さんが弱っている黒猫を助けたけど、まったく物を食べようとしない。飼い猫らしいから飼い主の作ったものしか食べないのではないかと思い、飼い主を調べたら亡くなっていた。唯一の手がかりである娘さんのもとを訪ねたが、親とは縁を切っていると追い返されてしまった、というわけですか」

「そう、そうなのよ。だからそう言ってるじゃない」

「いや、まあ」

見かねてお鈴が助け船を出した。

「その娘さんから話を聞くのが難しそうなので、この猫が食べられそうなものを片っ端から作ろうかと話をしていたんです」

「そうですか」

新之助が心配そうな眼差しを猫に向けた。

「何か、当てはあるんですか」

「それがさっぱり」

とにかく何でも作ってやろうと意気込んだはいいが、まったく手がかりがないのだ。正直に言うと何から手を付ければいいやら途方に暮れてもいた。

「新之助さん、何かいい方法はないですかね」

ぽつりと零《こぼ》すと、新之助は目を輝かせた。

「任せてください。お鈴さんの困りごとなら、何でも力になります」

「なによ、あたしが話してた時とずいぶん態度が違うじゃないのよ」

むくれる弥七と、「ふん」と鼻を鳴らす銀次郎。

新之助は床几《しょうぎ》から立ち上がり、店の中を歩き回り始めた。袂《たもと》に手を入れてぶつぶつ呟いている。どうしたのかと遠巻きに眺めていると、しばらくして立ち止まった。

「当てもなく料理を作るのも骨が折れるし時もかかります。この猫の体調を見るに、できるだけ早く食べられるものを突き止めたほうがいいでしょう。そうなると、やはり手がかりは娘ですね」

「だからそう言ってるじゃないの」

「その娘から、話を聞ければいいんですよね」

「そうよ、でも親と縁を切っていて、親の話なんてしたくないって言うのよ」

新之助は人差し指を立てた。

「友人」

「え」

「その娘の友に取り入るのです」

ぽかんとしている三人の顔を見て、新之助はにこりとした。

「海の向こうの国では、将を射んと欲すればまず馬を射よ、とかいう言葉があるそうです。要するにまず周りから攻めよということです。今回も同じで、本丸を落としたいならば周りから攻めればよいのです」

「なるほど」

「われわれ同心も、聞き込みに行く時はまず下手人の友を押さえます。近すぎず遠すぎず、そしてちょっと心に油断もある。そんな距離が友です。それもおせっかいな者がいいですね。あんたのために、と言ってくれるような人。そういう相手を見つけて、上手く繋いでもらえればあるいは」

「ふん」と銀次郎が鼻を鳴らし、煙管《キセル》を火鉢に打ち付けた。

「悪くねえな」

「ちょいと新之助さん、やるじゃない。なんだか同心みたい」

「いや、まあいちおう同心でして」

頭を掻《か》く新之助を尻目に、弥七は「じゃあ、あたしちょっと調べて来るわね」と言い残して、またもやつむじ風のようにみと屋を飛び出していったのだった。

四

弥七の動きは早かった。

丸二日ほど姿を見せなかったと思ったら、その間に娘さんに話を聞かせてもらう算段を取り付けていたのだ。

色んな伝手《つて》を辿って娘さんの幼馴染《おさななじみ》を見つけ出し、茶店で団子と茶をご馳走《ちそう》しながら話をしているうちに意気投合。事情を上手く話して娘さんを紹介してもらえることになったのだとか。

「ほら、あたしっていい男だからさあ」と得意げに流し目をくれる弥七に、お鈴は心から感心したのであった。

「あの、ありがとうございます」

頭を下げるお鈴に、女は「礼ならお定《さだ》に言ってやんな」と不機嫌そうに零《こぼ》した。

二人の前に座る女は、おミヨだ。猫の飼い主であったお粂の娘で、先日けんもほろろに追い返されたその人である。以前に見せたほどきつい目つきはしていないが、警戒しているそぶりが見て取れる。それでも住まいに上げてくれただけでなく、水も出してくれたのだから、優しくしっかりした人なのだろうと思う。小ざっぱりと綺麗に片付けられた部屋からもその人となりが窺《うかが》えた。

「それで、何が知りたいんだい」

「実は、この弥七さんが弱っていた猫を助けたんですが、いっこうに物を食べなくて。きっと飼い主さんの作る物に慣れてしまったんだと考えてお粂さんを訪ねたところ、亡くなられていまして。もしも何か心当たりがあれば、教えていただけないでしょうか」

お鈴が顛末《てんまつ》を説明する。弥七に話させるととっちらかってわけが分からなくなるので、必ずお鈴が話すようにと銀次郎から強く言い含められていたのだ。

「そうなんだ。猫のためにね」

お鈴の話を聞いた後、おミヨは気が抜けたように笑った。

「ね、どうなの。何か知ってる？」

弥七がずいとにじり寄る。

「そのかわいそうな猫の力になりたいところだけど、生憎《あいにく》、まったく心当たりがないよ」

「そうですか……」

一縷《いちる》の望みをかけてやって来たが、おミヨにも分からないとなると、どうすればいいか。横たわる猫の姿を思い浮かべて、お鈴は胸が苦しくなった。

「ねえ、何か思いつかない。何でもいいから」

同じ気持ちなのだろう。弥七がすがるように尋ねた。

「それがねえ。あの人とはもう長年会ってないからさ。だいたい猫を飼ってたことすら知らなかったよ」

おミヨの目に一瞬鈍い光が宿った。それを見たお鈴は、思わず口を開いていた。

「あの、お粂さんとは何があったんですか」

また余計なことを言ってしまったと後悔するが、仕方がない。しかし、どうしても気になってしまったのだ。お鈴のおとっつあん、おっかさんはいつも優しくて温かかった。大好きなおっかさんといつまでも一緒にいたかったのに、いられなくなって、どれだけ寂しく悲しかったたか。

おミヨは親が健在だったのに長年顔も合わさず暮らしていたという。何があったのか事情を知りたいという気持ちもあったが、心のどこかに小さないら立ちも覚えていた。

おミヨがお鈴をじっと見た。怒りでも悲しみでもない、あまり見たことのない目をしていた。

「あんた、親は好きかい」

「え、はい。もちろんです」

「そうだろうね。そういう顔をしてる」

ああ、哀れまれているんだ。そう気づいて心がちりっと泡立った。

「世の中にはね。情が深い親子ばかりじゃないんだよ」

「で、でも」

弥七はおミヨに微笑みかけた。

「ねえおミヨさん、よかったらさ、あたし達に話しちゃくんない。これも何かの縁だしさ」

おミヨは毒気を抜かれたようにぽかんとし、戸口のほうを見て息を吐いた。

「つまんない話だよ」

おミヨが語った話はこうだ。

おミヨの母であるお粂は、とにかく細かく口うるさい女であった。器量はそこそこよかったそうだが、その気性に父親は早々に愛想をつかし、おミヨがまだ小さいうちに女をこさえていなくなってしまった。

そうなるとお粂の気性に拍車がかかり、その対象はおミヨひとりになった。どこへ行くのか。誰と遊ぶのか。あの子は意地汚いから遊んではいけない。菓子など食べてはいけない。小さなことまで言動を監視して咎《とが》める。友達と遊んで帰ってきたのが約束した刻《とき》よりも少し遅れただけで晩飯を抜かれた。

お粂の口癖は「あんたのためを思って言ってるんだ」。あんたのために。あんたのために。そう言ってはおミヨのやることを咎《とが》め続けた。

そんな半襟《はんえり》は派手だから駄目だ、こんな髪型は男を誘っているから駄目だ。父親のことがあったからか、特に男にまつわることには異常に目くじらをたてた。おミヨが成長するにつれて手が出ることは少なくなったが、その言葉は心を蝕《むしば》んでいった。

そんなおミヨにも惚れた男ができた。隣町で髪結いをしている佐平《さへい》という男だった。

髪結いといえば口がよく回る色男が多いものだが、佐平は朴訥《ぼくとつ》としている上、いつも洗いざらしの同じ色の着物を着ている地味な男で、その代わりに腕はめっぽう良かった。

佐平と出会ったのは偶然だったという。双紙のような話で、草履《ぞうり》の鼻緒が切れて困っていたところに出くわして直してくれたのだ。

お粂の干渉で男と話すことすらままならなくなっていたおミヨだったが、その時はなぜか「ちょっとお礼でも」という言葉がするりと口から出たのだという。その日を境に二人は逢瀬《おうせ》を交わすように。お粂に気づかれないように短い時間での逢瀬《おうせ》を続けるうちに、飾らず実直な佐平におミヨは惹かれていった。

やがてある日、佐平が言った。

「おミヨさん、おれ達一緒にならないか」

佐平を好いていたおミヨだから、それは本当に本当に嬉しかった。しかし問題はお粂だ。おミヨが男と関わることをお粂は徹底的に嫌った。棒手振《ぼてふ》りの兄さんと世間話をすることにすら目を三角にするお粂だ。一緒になりたい男がいるなんて言った日にはどんなことが起ころうか。

お粂のことは前から話していたから、佐平も事情は知っている。おミヨは佐平に「一緒に逃げよう」と持ち掛けた。

お粂を説得するのはきっと無理だ。それならば、いっそ二人でどこか遠いところに。

だが佐平は「大切なおミヨさんのおっかさんだ。きっちり筋を通したい」と言う。

「おっかさんのお小言もおミヨさんを思ってのことだ。だから俺達のことはきちんと話せば分かってくれる」

佐平の言葉は嬉しくもあった。そこまで考えてくれていたのかと。おミヨ自身もお粂が二人のことを許してくれれば、こんなに嬉しいことはない。

そう思って、二人でお粂のもとを訪れた。

それが、間違いだった。


お粂は烈火のごとく怒った。

文字通り火のように髪を逆立て、勝手に男を連れ込むとはどういうつもりだと喚《わめ》く。とても二人を祝うどころではない。

だが、おミヨを詰《なじ》るだけならまだよかった。

次の日から、お粂は佐平の悪口を言いふらし始めたのだ。

やれ嫌がる娘をむりやり手籠《てご》めにしただの、やれ客に手を出しているだの。

もちろんすべてお粂がでっち上げた嘘っぱちで、お粂をよく知っている長屋の連中はまともに取り合わなかったし、佐平の客達はその丁寧な仕事ぶりに満足していたので憤慨《ふんがい》した。しかし、どれだけ当人達が否定しようが、悪い噂《うわさ》は空気のように広がってゆく。知らぬところで尾ひれも付き、佐平は髪結いの仕事がしにくくなってしまった。

やがて、町にいづらくなった佐平は、大家の紹介で引っ越すことにした。

引っ越しの前日、佐平は言った。

「おミヨさん、一緒に行かないか」

目の前に差し出された佐平の手。大きくて指が長く、節ばった手。

その手を握りしめようとして。でも、おミヨにはできなかった。伸ばしかけた手が、力なく垂れた。

あの時手を握らなかったことを、今でもずっと悔いている、とおミヨは言った。

自分から「一緒に逃げよう」と伝えたのに、なぜ共に行かなかったのか。母のことを見捨てられなかったのか、佐平に対する罪悪感があったのか、今となっては分からない。

どちらにせよ、この一件は深い傷となって残り、その一年後におミヨは夜逃げのように家から出た。今さら佐平のところには行けないし、もういい人ができているだろう。知人の伝手《つて》を辿って長屋を見つけ、それからはひとりで暮らしているのだという。

「あの親はさ、あたしのことを好きだったためしなんて一度もなかったんだよ」

寂しそうなおミヨの横顔に、お鈴はなにも言葉が出てこなかった。

＊

夕陽に照らされた道を、無言で歩く。

転がっていた石を、草履《ぞうり》でこつんと蹴った。

「あたし、家族って喧嘩もするけど、それでも家族なんだと思ってました」

下を向いたまま、石を蹴り続ける。

「仲が悪い家族がいるのはもちろん分かってますけど、心の根っこではお互いを想い合ってると思ってたんです」

「家族もね、他人同士なのよ」

弥七は前を向いたまま小さく言った。

「お鈴ちゃんのことを恵まれてるだなんて言うつもりはないわ。でもね、お鈴ちゃんのふた親はきっと凄く立派な人。それはね、悲しいけど当たり前じゃないのよ。この世はね、そんなおとっつあん、おっかさんばかりじゃあないのよ」

「そうですね。そうですよね」

蹴っていた石はあらぬ方向に跳ね、草むらに飛び込んでしまった。

「お粂さんって、どんな人だったんでしょうね」

ぽつりと呟いた。

人様の家族のことに首を突っ込むのは筋違いだ。でも、おミヨの心をなんとかしてやる手がかりがないかと思ってしまった。それに、お粂について知ることで、猫の食べ物の手がかりにも繋がるかもしれない。

「弥七さん、八五郎長屋に行ってみませんか」

「どうしたのお鈴ちゃん」

「わかりません。上手く言えないんですけど、あの猫のためにも、もう少しお粂さんのことを知りたいんです」

お鈴の肩に弥七が優しく手を置いた。

「いいわよ。お鈴ちゃんがそう言うんなら、付き合ってあげる」

「あ、ありがとうございます」

深々と頭を下げたお鈴に、弥七は苦笑した。

「他に手がかりもないしねえ」

＊

「なんだい、あんたらまた来たのかい」

再び訪れた八五郎長屋。お粂の隣部屋の老婆は、二人の顔に呆れ声をぶつけた。

「こないだも言ったけど、猫のおまんまなんて、あたしゃあ知らないよ」

「はい、あの、今日は違うことを聞きたくて」

「なんだい」

「あの、お粂さんがどんな人だったのかを聞きに来ました」

老婆は白い眉毛を上げ、「まあ入んな」と部屋の中に招き入れた。

老婆はお松《まつ》と名乗った。

「姉妹が三人いて、上から松竹梅だよ。あたしゃあ梅のほうがよかったけどねえ」

弥七とともに名乗った後、お鈴は姿勢を正して尋ねた。

「あの、お粂さんは、どんな方でしたか」

「そうだねえ。まあそれはそれは気難しい婆さんだったね」

お松はひっひと空《す》きっ歯《ぱ》を見せて笑った。

「年をとりゃあだいたい頑固で面倒くさくなるもんだけどね、それにしてもお粂の婆さんはそりゃあ難しかった。ありゃあ昔からだろうね」

「そんなにだったのかい」

弥七が口を挟んだ。

「とにかく自分の決まりがあってね、それを長屋連中に押し付けるんだよ。やれ水の汲《く》み方はこういう手順でやるべきだとか、どぶさらいが雑だとか、長屋で暮らすというのはどういうことだとか」

「そりゃあ、娘さんも逃げ出すわけね」

「おや、あんた達娘さんを知ってたのかい」

弥七は一瞬ばつの悪そうな顔をしたが、すぐに「ええ、まあね」と言葉を濁した。

「お粂さんはひとりでこの長屋に越してきたから、あたしも娘さんに会ったことはないけどさ。ありゃあかわいそうだよねえ」

「ほんとそうよ。実の親からあんな嫌がらせ受けたりして」

「あれもねえ。もう少し分かり合えなかったものかねえ」

分かり合える糸口はあったのか。気になったお鈴は口を挟んだ。

「どういうことですか」

「お粂さんのおとっつあんはろくでもない男でね。働かないわ、女房や娘に手を上げるわ、それは大変だったそうだよ。逃げるように郷里を出て見合いで結婚したけど、その旦那は女癖が悪くてねえ。他所《よそ》に女をこしらえて出ていっちまったらしいんだよ。お粂さんの気性もあったろうけど、あの人もずいぶんかわいそうなのさ。悪い人じゃないんだけど、人との接し方が分かんなくなっちまったし、人を信じられなくなっちまったんだろうねえ」

全部お粂が悪いと語ったおミヨの話と少し違っていて、意外に思う。しかし、きっとどちらも事実なのだろう。物事は見える側面で受け取り方が変わってしまう。お粂に見えていたもの、おミヨに見えていたもの。それぞれに事情があり、それぞれに異なっていて、そのずれがどんどん広がっていったのだろう。だとしても。

「でも。娘さんに厳しくするのはおかしい気がします」

「そうさ。あんたの言うとおりさ。でもね、あれがお粂さんにとっての精一杯の愛情だったんだろうよ。みんな煙たがってたけど、長屋連中への小言もそうさ。それを分かってあげてくれとは言わないけどね」

「どうかしら」

弥七が珍しく冷たい声を出した。

「なんだかお粂さんは根がいい人みたいな言い方だけど、単に嫌な奴だったのかもしれないじゃない。愛情なんて言われても、本当に娘のことを想っていたかなんて信じられやしないわ。それに、娘が嫌がることをしてたんなら、それは愛情じゃないわよ」

お松は頷いた。

「あんたの言うとおりだよ。でもね、年を取ってお迎えが近づくと、本当に悪い奴かそうでないかはなんとなく分かるようになってくるもんでね。お粂さんはそこまで悪い奴じゃないようにあたしは思うんだよ」

「それにね」とお松は言葉を続けた。

「お粂さんがあの猫に話しかけてた口ぶりが、なんだか娘に向かって言ってるみたいだったのさ。本当はもっと仲良い親子でいたかったんじゃないかねえ。不器用で、ずいぶんねじれちまっても、人ってもんはみんなそんなもんだろう。ま、あたしゃあ子がいないから分かんないけどさ」

――あの親はさ、あたしのことを好きだったためしなんて一度もなかったんだよ。

――あれもねえ。もう少し分かり合えなかったものかねえ。

おミヨとお松の言葉が甦《よみがえ》る。分かり合うこと、家族というものの難しさを感じて、

何かしてやりたいと思うけど、何ができるのかは分からない。また、これ以上人の事情に踏み込むのは失礼だという気持ちもあり、お鈴は無言で着物の裾を握った。

「そう」と弥七がぽつりと呟いた。

部屋が薄暗くなってきた。どこかの寺の鐘音が風に乗って響く。

「そういえば、お粂さんが好きだった料理なんかは知らないかい」

「そうさねえ。偏屈な人で、一緒に飯を食べたこともないからねえ。ああ、そういえ

ば魚だけは通いの棒手振《ぼてふ》りから買わない人だったねえ。妙にいい煮干しの匂いをさせてたね」

「いい匂いの煮干しですか」

「ああ、香ばしくて普通の煮干しの匂いともちょっと違っててねえ。あの人は北国の育ちらしいからあっちの食べ物なのかもしれないねえ」

値の高い煮干しなのだろうか。思いを巡らせるも心当たりはない。思案をしていると、「あ、そういえばさ」と弥七が尋ねた。

「あの猫の名前って知ってるかい」

「ああ、そういえばよく呼んでたよ。たしかね」

そう言ってお松が告げた猫の名に、二人は目を丸くしたのだった。

＊

みと屋の看板障子《かんばんしょうじ》を開けると、「立て込んでんだ。今日は帰ってくんな」とだみ声が飛んできた。つい怯《おび》えて後ずさってしまう。

「ちょっと親分ったら、お客さんがびっくりしちゃうじゃないの。言い方ってもんがあるでしょ、言い方」

「なんでえ、おめえらか」

ふんと鼻を鳴らす銀次郎は、火鉢の前に胡坐《あぐら》をかいて猫の背中を撫でていた。

「ね、様子はどう」

「時どき目を開けるが、相変わらず飯は食わねえ」

「悪くはなってないけど、よくもなってないってことね」

「で、どうだったんだ」

「それが全然。さっぱり分からずじまいね」

弥七とお鈴は、ことの次第を銀次郎に説明した。

「ね、全然でしょう。分かったことは、元の飼い主は嫌な奴だったたってことくらいよ。こうなったら、片っ端から猫が食べられそうなものをじゃんじゃん作るしかないわね。さ、お鈴ちゃん、やるわよ」

「は、はい」

腕まくりをして厨房に向かう弥七。続こうとして、ふと足を止めた。

「銀次郎さん、いい匂いのする煮干しって、なんでしょうか」

「いい匂いのする煮干し、だと」

「は、はい。長屋の隣の人が言ってたんです。お条さんは魚だけは通いの棒手振り《ぼてふ》から買ってなくて、妙に煮干しのいい匂いをさせていたって。なんだかそれが気になって」

銀次郎は黙って腕組みをし、宙を見据えた。

「その婆さん、生まれはどこか知らねえか」

「ええと、たしか、北国の方だって言ってたような」

かん、と銀次郎は火鉢に煙管《キセル》を叩きつけた。

「おい、弥七、ひとっ走り行ってこい」

五

本当に、来るのだろうか。

来たとして、どうするのだろうか。

長屋の障子戸を見つめながら、お鈴は居心地の悪さを感じていた。

銀次郎が弥七にあれこれ指示をしてから一日。やって来たのは八五郎長屋のお粂の部屋である。

寝具も何もない部屋で銀次郎と二人きり。銀次郎は弱った猫を胡坐《あぐら》の上に乗せ、背中を撫でていた。猫は目をつむったまま細い息をしている。

居心地が悪いのは、銀次郎と二人きりで気づまりだからではない。その理由とは――

「お待たせ」

障子が開いて、弥七が顔を覗かせた。その後ろには人影がもう一つ。

弥七に「さ、入って」と促されたのは、あからさまに不審げな顔をしているおミヨだった。

昨日、銀次郎が弥七に言いつけたことはいくつかあった。そのうちの一つが、お粂が住んでいた部屋に、おミヨを連れて来い――というもの。

縁を切るほどの母。その母が住んでいた部屋に連れて来いとはどういうことか、というか連れて来てどうするのか、そもそも猫を元気にすることが先決ではないか。

口々に言う弥七とお鈴の言葉を、銀次郎は「うるせえ、ばかやろう」の一喝で封じた。

むっつりとその理由を語らぬ銀次郎だが、おミヨをこの長屋に呼ぶことを、お鈴は気がかりに感じていた。

「急に呼びたてて、すまねえな」

おミヨは銀次郎の強面《こわもて》に「ひっ」と身体を強張らせた。しかし、これは逃げられないとでも思ったのか、無言で小さく頷いた。

「まあ、そのへんに座っといてくれ。おう弥七、例のもんは手に入ったか」

「思ったより手間取ったけどね。ほら、このとおりよ」

弥七が風呂敷包みを渡す。その中身を満足そうに確かめて、銀次郎はお鈴に差し出した。

「よし、お鈴。おめえはこれで旨《うま》い出汁《だし》を取れ。それで飯にぶっかけてやんな。出汁《だし》と飯をよく冷ましてからだ」

「は、はい」

受け取った風呂敷包みを広げてみる、そこにはずいぶんと香ばしい匂いのする煮干しが入っていた。

＊

出汁《だし》を取ること自体は簡単である。煮干しを鍋に入れて煮ればいい。だが、旨《うま》い出汁《だし》を取ることは簡単ではない。煮すぎると魚臭さや雑味が出てしまうし、煮出し時間によってもさっぱりしたりコクが出たりと違いがある。

——出汁《だし》こそがその料理人の味だ。

おとっつあんはよく言っていたが、そのとおりだと思う。単純で、それでいて最も奥が深い「料理」。それこそが出汁《だし》なのだ。

　本来は煮干しを水に半日くらい漬けおくといい出汁《だし》が出るのだが、そこまで待ってはいられない。半刻ほど漬けておいた煮干しを火にかける。

ちなみに使っているのはお粂の台所である。大家には銀次郎が話を通したらしく、鍋などは借りてきてくれた。台所もお粂が普段からこまめに手入れをしていたおかげで問題なく使え、火もすぐにおこすことができた。

「凄い、もうこんなにいい色の出汁《だし》が出てる」

　半刻しか漬けていないのに、水が黄色く色づいている。これならば、あまり煮出しすぎないほうがいいだろう。

　湯が沸いてきたら、火の勢いを弱めてやる。ここでぐらぐら沸いたまま煮込んでしまうと、とたんに美味しくなくなるのだ。ちょろちょろした火で、じっくりと。加減を見ながらしばらく煮る。やがて美しい琥珀色《こはくいろ》になったところで火を止め、中の煮干しを取り出す。

「なにこれ、すっごくいい匂いじゃない。お出汁《だし》ってこんなに香ばしい匂いしてたっけ」

「これ……もしかして」

　部屋の隅で、おミヨが呟いた。

「どうかしたの」

「いえ、何でもありません」

出汁《だし》を作っている間に、飯が炊けてきた。弱っている猫に食わせてやるため、あまり硬くなりすぎないように軟らかく炊いてやる。後は舌を火傷《やけど》しないように、ちょうどいい熱さまで出汁《だし》を冷ましてやる。

「あたしは、なんで連れてこられたんですか」

出汁《だし》の香りが部屋に漂《ただよ》う中、おミヨが銀次郎に切り出した。

「もうすぐ飯ができる。それを食えば分かる」

「なんで飯を食わなきゃいけないんですか。この人達には話しましたけど、あたしはここにいるのも嫌なんですよ」

負けじと切り返すおミヨ。はじめこそ銀次郎の風貌に怯《おび》えていたが、慣れてきたのだろう。それにしてもあの銀次郎によく強く言えるものだと、お鈴は感心してしまう。

「まずは飯だ。そうすりゃあおめえの道も開ける」

団扇《うちわ》で出汁《だし》を冷ましながら、お鈴は笑みを浮かべた。

――心と身体が疲れた時には、まず飯だ。どうにもならねえと思った時こそ、飯を食う。旨《うま》いもんで腹いっぱいになれば、道も開ける。

銀次郎がおミヨに告げた言葉は、おとっつあんの口癖だったからだ。

銀次郎によると、おミヨにも出汁《だし》を飲ませるようだ。なぜなのかは分からないけれど、どうせならばおミヨの道が少しでも開けるといい。そう願う。

「もういいです。でも、飯とやらを食べたら、すぐに帰らせてもらいますからね」

銀次郎は無言で鼻を鳴らすのみだった。

出汁《だし》がちょうどよく冷めてきた。飯を笊《ざる》にあけ、水でざぶりと洗う。

「あら、なんでご飯を水で洗ったりするのさ。冷ますため？」

「うわあ、びっくりした」

急に声をかけられて驚いた。いつの間にか真後ろに弥七が立っていたのだ。相変わらず音もなくやって来るものだ。おミヨと銀次郎の空気が気づまりで台所に逃げてきたのだろうか。

「これは、水でご飯のぬめりを取ってるんです。そのまま出汁《だし》をかけちゃうとべちゃべちゃしちゃうので、こうして一度洗ってやることで、さらりとさせるんです。今の猫ちゃんの具合だと、その方が食べやすいかなと思って」

「なるほど、さすがお鈴ちゃんね」

一度水洗いした飯を器に盛り、その上から出汁《だし》をかけてやる。琥珀色《こはくいろ》の液体が華やかな香りを放つ。

「ああ、本当にいい匂い」

弥七が目を閉じて、うっとりと言った。

＊

口先に器を置いてしばらく経つと、猫は鼻を動かしてゆっくり目を開けた。

顔を近づけ、赤い舌をちろりと出して舐める。

髭《ひげ》が二度、三度伸びた。心なしか丸い目が大きくなったように思う。

そして。

もう一口、二口。

猫は勢いよく出汁《だし》を舐め始めた。がつがつとはいかないが、飯も少しずつ口にしている。

「食べてる。やったわ、お鈴ちゃん。食べてるわよ」

「はい。やりましたね」

「ああ、よかったああ」

弥七は両足を投げ出して座り込んだ。その様子を見てくすりと笑うが、本当によかったとお鈴も心から安堵した。

「お前も食え」

部屋の隅に座っていたおミヨに、銀次郎は声をかけた。

「嫌ですよ」

「いいから食えって言ってんだ」

銀次郎の剣幕に、しぶしぶ立ち上がるおミヨ。お鈴は同じものを碗によそって差し出した。

おミヨは碗を見つめていたが、口を付けて掻き入れた。怒っているように荒々しく掻きこむ。あっという間に半分ほど食べ、「やっぱりね」と吐き捨てた。

「匂いがした時からそうじゃないかと思ってたよ。これは、あいつが作ってた料理だね」

「そうなんですか」

「風邪っぴきの日は、よくこれを作って食わせてくれたよ。ああ懐かしい、おっかさんはあたしのことを想ってくれていたんだとでも泣ければ可愛げがあったろうけどね。たまたま猫に食わせてたもんが、昔作ってた料理ってだけだろう。なんとも思いやしないよ」

その口ぶりに悲しくなる。まずいと言われたわけではないのに心が痛む。

その時。こんこんと障子が叩かれた。

入ってきたのは、隣に住む老婆・お松だった。

「空き部屋からいい匂いがすると思って様子を見にきたら、またあんた達かい」

「はい、お邪魔しています」

お鈴はぺこりと頭を下げた。

「ずいぶん懐かしくてついお粂さんのことを思い出しちまったよ。おや、ミヨじゃないかい」

おミヨは驚いた顔をしている。面識のないお松に自分の名を呼ばれたのだから当然だ。

お松は部屋に上がり、おミヨの前を素通りして飯を食う猫の前に座った。

「そうかい、あんたの飯はこれだったのかい。ずいぶん細くなっちまったけど食えるようになってよかったねえ」

にこやかな顔で猫の背中を撫でる。

「ミヨって……どういうことですか」

強張った顔でおミヨが尋ねた。

「何言ってんだい、この猫の名前だよ」

「そんな。あたしがミヨです」

「そうだったのかい」

お松は目を丸くする。その様子をお鈴達は黙って見守った。

お松に教えてもらってお鈴達もびっくりしたが、お粂は猫をミヨと呼んでいたのだ。

おミヨの名前から付けたに違いなかった。

「それじゃあ、あんたはもしかして、お粂さんの娘さんかい」

「はい、そうです」

「そうかい、そうだったのかい。あたしゃお粂さんの隣に住んでたお松さ。あんたの噂《うわさ》は耳にしてるよ。色々と大変だったねえ」

「いえ。こちらこそ母が生前お世話になりました」

おミヨは硬い表情を崩さぬまま、頭を下げた。

「長屋なんて壁が紙切れみたいなもんだからよく聞こえるんだけどさ、お粂さんは時々この猫にすまないと詫びてたよ。猫を飼ってるっていうより娘と暮らしてるみたいに大事にしててねえ、合点《がてん》がいったよ。きっとあんたに謝りたかったんだろうね。猫にその飯を食わせてたのもそういうことだろうさ」

「そうだったとして」

おミヨの何かを堪《こら》えるような口調に、怒りが滲《にじ》んでいた。

「そうだったとして、どうなるんです。あの人の気持ちを分かってやれなくてごめんねって言えばいいんですか。あの人のせいで、好きな人と添い遂げられなかった事実は変わらないんです。あの人のせいで、あたしの人生はめちゃめちゃになった」

「そうだねえ。そうだねえ」

「もう、遅いんですよ。もう」

ぐっと拳を握りしめてうつむくおミヨ。その肩に、弥七がそっと手を置いた。

「遅くなんてないわよ」

おミヨは顔を上げた
「隣町にね、ある髪結いが暮らしてるらしいのよ。口下手だけどめっぽう腕がいい。信頼のおける男だから見合いの話もあるんだけど、頑《かたく》なに断っているらしいのよね。添い遂げたかった女がいて、今でもその人のことを待ってるんだって」

弥七はにやっと笑った。

「昨日あちこち走り回って分かったのよ。言い出すのが遅くなってごめんね」

おミヨはまだ気持ちの整理が追い付いていないようで、呆然としている。

「でも」と下を向いた。迷いがあるのか、表情には陰《かげ》りが見える。そんなおミヨに、お鈴は声をかけた。

「家族って色々だと思います。幸せな家族もそうでない家族もあるし、お粂さんがおミヨさんに対してどう思っていたのかは誰も分からないし、お粂さんがしてきたことが親としていいことだとはあたしも思いません。そうした過去はどうしようもないですけど、これからおミヨさんが幸せな家族を作ることはできるはずです。だから、幸せになってください」

優しい親に育てられたお鈴には、おミヨの気持ちは分からない。どんなに嫌な親だとしても、その根っこには必ず子を想う気持ちがあると信じたい。でも、必ずしもそうでないことも理解している。世には色んな家族の形があるけれど、これから幸せな家族を自ら作っていくことはできるはずだ。痛みを知っているおミヨであればきっと。

おミヨはお鈴の顔をじっと見た。そして一つ頷き、微笑んだ。

「ありがとう。必ず」


張っていた空気がほどける。弥七がうーん、と大きく伸びをした。

「それにしても、あの煮干しはなんだったの。親分の言うとおり買ってきたけど」

「あれは煮干しじゃねえ。焼き干しだ」

「焼き干し」

聞き慣れぬ言葉に、弥七とお鈴は声を揃えて繰り返した。

「おい、おまえのおっかさんの生まれは北国らしいな」

「あ、はい。そうです」

おミヨが頷く。

「焼き干しってのは北国でよく作られる干し魚だ。煮干しってのは、名のごとく魚を煮てから干す。だが焼き干しは焼いてから干すんだ。魚を煮ると旨味《うまみ》も湯の中に溶けちまう。だが焼くとその旨味《うまみ》が魚に詰まっていく。だから煮干しに比べて香ばしいし出汁《だし》の出方が違う」

「そうだったんですか」

銀次郎はまんざらでもなさそうに「ふん」と鼻を鳴らした。

続けて、「料理の腕はからっきしなのに、変なことは詳しいわよねえ」とにやにや笑う弥七を蹴っ飛ばす。

おミヨは置いていた碗を手に取り、口を付けた。

「あたしは、おっかさんのことを分かってなかったんでしょうか」

銀次郎が「さあな」と言った。

「人なんてしょせんは他人だ。親子だろうと分かり合えるはずがねえ」

「不満や怒りばかり抱えて生きてきました。でも、おっかさんの優しさやいいところもあったはずなんです。あたしはそれを見ようとしていなかったのかもしれません」

「どんなに嫌な奴でも、死んだとたんによく見えるもんだ。それに誤魔化されちゃいけねえし、あんたが抱えた怒りも間違っちゃいねえ」

おミヨを見据えたまま、銀次郎は「だがな」と続けた。

「まあ時々、そんな親がいたことを思い出してやるくらいは、悪いことじゃねえだろうよ」

銀次郎には娘がいたと聞いた。やくざという仕事に愛想をつかした女房が連れて出て行ってしまい、今は元気で暮らしているのかどうかすら分からないという。

銀次郎は何を想いながら、言葉を紡《つむ》いだのだろうか。

その横顔は優しく、しかし何かを堪《こら》えているように見えた。

「あら」

弥七が気の抜けた声を出した。猫が身体を起こし、天井の隅をじっと見ていたのだ。

「どうしたのかしら。蜘蛛《くも》も何もいないのに」

全員でその様子をしばらく見守っていると。

にゃおおうん。

一声、猫が高く鳴いた。

そうしてしばらくじっとしていたと思うと、また碗に口を戻してぴちゃぴちゃと汁を舐め始めた。

お鈴は弥七と顔を見合わせた。

「何だったのかしら」

「どうしたんでしょうね」

お松がほっほっと笑った。

「別れの挨拶だったんじゃないかねえ」

お鈴と弥七はびっくりして再び顔を見合わせ、銀次郎は静かに「ふん」と鼻を鳴らした。

六

「こら、ちょっと待ちなさい」

狭いみと屋に弥七の声が響く。

「弥七さん、どうしたんですか」

青菜を切る手を止めて店を覗くと、弥七が走り回っていた。その先には、魚をくわえて走り回る黒猫が一匹。

「ちょっとお鈴ちゃん、またこの子が魚をくわえて走り回ってるのよ」

「あ、その魚はこの子の昼ご飯なので、大丈夫ですよ」

「そういう問題じゃないのよ。お魚くわえて走るなんて、みと屋の看板猫として行儀が悪すぎるわ。こら、そこに座ってゆっくり食べなさい」

飯を食べられるようになってから半月。

猫はみるみる元気になり、毛並みの艶《つや》も取り戻した。骨ばっていた身体もふっくらしている。最初は何も口にしなかったものだが、今では好き嫌いなく食べるようになり、この有様《ありさま》だ。焼き干し出汁《だし》以外に食べなかった理由として、銀次郎は「お粂の婆さんが死んだことを、こいつも受け入れられなかったんじゃないか」と語った。果たしてそうなのかどうかはわからないけれど、なんだかそんな気もしている。そしてきっと、あの日の長屋できちんとお粂さんに別れを告げられて、自分も新たに生きることを決めたのだろうと。

猫が元気になったのは喜ばしいことだが、完全にみと屋に居ついてしまった。みと屋の看板猫に育てて客を呼び込もうと弥七が悪戦苦闘しており、毎日こうして追いかけ回している。

さすがに料理屋なので、鍋に猫の毛などが入っては困る。厨房には簡単に入ってこられないように返しを設《しつら》え、猫の飯は外に置くようにしている。

そして猫はみと屋に居ついただけでなく、お気に入りの場所もできてしまった。

「あ、またそうやってそこに逃げ込む。もう、ほら、この皿を敷いてあげるからここで食べなさい。ちょっと親分もなんか言ってやんなさいよ」

猫のお気に入りの場所。それは銀次郎の膝の上だ。

はたして膝の上が好きなのか、火鉢の前が好きなのか。目をやるといつもお気に入りの場所で丸くなっている。そしてその背中を、銀次郎はむっつりした顔で撫でるのだった。

「ちょっとは静かにしねえか。店の外にも響いちまう」

「もう、いっつもそうやって親分はこの子に甘いんだから。鬼の銀次郎が呆れるわよ」

「うるせえ、ばかやろう」

弥七は呆れた顔で床几《しょうぎ》に腰かけた。

「それにしても、そろそろ名前を決めてあげなきゃねえ。さすがにあたし達がミヨって呼ぶのもなんだか変だし、おミヨさんになんだか悪いし。看板猫らしい可愛い名前をつけてあげたいわよね。ね、お鈴ちゃん何かないかしら」

「そうですね」と考える。

「焼き干しが好きでしたし、『にぼし』とかどうですか」

「まあ、悪くはないわね。でももうちょっと可愛いのはないかしら」

「可愛い名前ですか」

「なんかこう、ちよ、とかさよ、とか」

「人の名前みたいですし、それならミヨでいいんじゃないですか」

「ううん、そうよねえ」

わいわいやっていると、黙っていた銀次郎がぼそりと言った。

「くろだ」

「え、どうしたの」

「こいつの名は、くろだ。見た目とぴったりじゃねえか」

艶々《つやつや》した黒い毛並み。たしかにそのとおりではあるのだが。

「え、それは、あんまりにもそのまんますぎないかしら。ね、お鈴ちゃん」

「あ、あたしはちょっと水を汲《く》みに」

「あ、逃げるなんてだめよ。みんなで可愛い名を考えましょう」

「うるせえ、こいつは今日からくろだ」

「いやよ、もうちょっと考えましょうよ」

楽しい声が響くみと屋。話が長くなりそうな二人を放っておいて、お鈴は水を汲《く》みに外に出た。

井戸に桶《おけ》を投げる。細腕で水を汲《く》み上げて一息ついたところに、「あの」と声をかけられた。びっくりして桶《おけ》から水を溢《こぼ》しそうになる。

「ああ、すいません。驚かせるつもりはなかったんですが」

後ろに立っていたのは、地味な色の着物の若者だった。小僧というにはしっかりしており、どこかの手代のような落ち着いた雰囲気がある。

「すみません。もしかして、みと屋のお鈴さん、でしょうか」

「あ、はい。あたしですけど」

見知らぬ相手が名を知っていることに不信感を抱きつつ、答える。

「ああ、よかった。あなたに手紙を渡すよう言付かってまいりまして」

「手紙ですか」

「はい。あなたの御父上からです」

第二話　ふるふるふのやき

一

着物に綿が入り、寒いと感じる日が増えてきた。冬の気配が近づいている。

年中寒々しいみと屋は相変わらずだが、今日は新之助が昼飯を食べに来ているからましな方だ。

弥七が暇つぶしに話し相手をしていると、くろがどこからか現れた。なーお、と甘い声を出して、新之助の足先に鼻を擦《こす》り付ける。

「もう、何よ猫撫で声出しちゃって。新之助さん、この子に魚やっちゃ駄目だからね。すぐに人の食べ物をもらおうとするんだから」

「ははは、分かりました。それにしても、すっかりみと屋に馴染《なじ》みましたねえ」

「もう。馴染《なじ》んだどころか殿様みたいで困っちゃうわ」

ぷりぷり怒る弥七。新之助は手を伸ばしてくろを撫でた。

「それにしても、この人懐っこさはうらやましいです」

「どういうこと」

「私もくろのような質《たち》であれば、もう少し仲間と上手くやれるのですが」

「あら、新之助さん、相変わらずなのね」

「お恥ずかしい限りです」と頭を掻く。

新之助は同心らしからぬ同心だ。

同心といえば十手《じって》を振りかざして我が物顔で町を練り歩き、常に誰かしらから袖の下をせびるもの。そんな世の印象とは正反対で、腰が低く町人にも分け隔《へだ》てなく接してくれる。

だからこそやくざの親分が営《いとな》む料理屋にも平気で顔を出してくれるわけなのだが、それは同心連中の「当たり前」とは大きく異なる。新之助を快《こころよ》く思わぬ同僚も多いだろうし、その性格も変わり者ときている。上役の命よりも自分の信じるものを追い求め、それに固執しすぎるあまり不興を買うこともたびたび。どう考えても奉行所で浮いてしまっているのは明白であった。


「それじゃあ誰かと縄暖簾《なわのれん》に行ったりもしないの」

「そうですね。飯を食べに行く友もいませんし、そもそも私は酒が飲めない質《たち》でして」

「じゃあ、夜とか非番の日は何してるのさ」

「だいたいひとりで草双紙を読んでいます」

「あら、新之助さん双紙が好きなのね。字がびっしりですぐに眠くなっちゃうんだけど、あれ面白いの」

「それはもう面白いですとも」

新之助は膝を打って、口調に熱を込めた。

「山東京伝《さんとうきょうでん》先生に、十返舎一九《じっぺんしゃいっく》先生、曲亭馬琴《きょくていばきん》先生。みなさんが紡《つむ》ぐ物語は滑稽《こっけい》で、しかし学びもあり、文字しかないのに頭の中にその光景が浮かび上がるのですよ。凄いことではありませんか」

「ああ、そうなのね」と引き気味の弥七に、「そうですとも」と新之助は身体を乗り出した。

「あたしは双紙とか読まないからよく分かんないけど、友達がほしいと思ったりはしないの」

「それはまあ」と言葉を濁す。

「友が欲しくないわけではないのです。ただ、私は酒や女などの話が苦手ですし、話せることといえば、さっきの双紙くらいのものです。しかし、そんな話に付き合ってくれる相手などなかなかおらず」

徐々にしょんぼりしていく新之助の背中を、弥七が叩いた。

「まあ友達がいりゃあいいってもんでもないし、しょうもない仲間がいても仕方ないわよ。それに大丈夫。うちの親分だって友達なんて誰ひとりいないんだし」

小上がりで煙管《キセル》をふかしていた銀次郎は、「ふん」と不機嫌そうに鼻を鳴らす。

「ね、お鈴ちゃんもそう思うでしょ」

「え、あ、はい。何の話でしたっけ」

急に話を振られて慌ててしまった。ずっと物思いに耽《ふけ》っていて、二人のやり取りを上の空でしか聞いていなかったのだ。

弥七はお鈴の顔をじっと見つめた。

「あ、あの、どうかしましたか」

「お鈴ちゃん、最近何かあった？」

「い、いいえ。何もないですよ」

弥七はしばらく無言でいたが、「ま、それならいいんだけどね」と再び新之助に向き直った。

「新之助さんさあ、幻の蕎麦屋があるって話聞いたことある？」

「なんですか、それ」

「それが、巷《ちまた》の噂《うわさ》なんだけどね」

たわいもない話を始める弥七に胸を撫でおろしつつも、お鈴は内心動揺していた。

弥七の指摘に心当たりがあったからだ。


先日みと屋の前に現れた男は、お鈴に声をかけて手紙を渡した。

男が小間物屋で奉公している最中、店を訪れた客から声をかけられたらしい。

「身なりのいい御仁でしたけど、何やら手元が忙しいとかで頼まれましてね」

――みと屋という店で働く娘に、父親からの手紙を渡してやってくれないか。

はじめて見る男だが、上客になりそうな身なりをしている。手紙を届けるくらい造作もないことだから、出かけるついでに寄ってやろう。そう思って手紙を持ってきてくれたのだという。おそらくは親切半分、その男からの小遣い目当て半分といったところだろう。

「だから、あっしもそれ以上のことは何も知らないんですよ。それじゃ、渡しましたからね」と言って、その男は去っていった。

どきどきする胸を鎮《しず》めようとしながら、店の裏手に回って手紙を開く。手が震えて上手く広げられないのがもどかしい。

白い紙に書かれていたのは、こんな内容だった。

――お鈴、元気にしているか。突然姿を消してすまなかった。お前達のことを想ってやむを得なかったのだ。今はある場所で無事に暮らしているから、心配しないでくれ。追っ手に見つかってしまうかもしれないし、世話になっている人に迷惑がかかるから、すぐには会えない。どこから足がつくか分からないので、この手紙のことは店の人をはじめ誰にも言わないでくれ。また便りをよこす。達者で暮らせ。

ぽたり、ぽたり。

手紙に涙が落ち、じわりと広がる。

「おとっつあん」と呟きながら、手紙を胸に押し抱く。

おとっつあんが生きていた。元気にしていた。

もしかするともう二度と会えないんじゃないかという想いが心をよぎる日もあった。みと屋という居場所ができた今でも、ふと孤独が押し寄せて、押しつぶされそうになる夜もあった。そんな中で届いた便りは、心を照らす希望の光だった。

もう一度手紙を開く。おとっつあんから手紙なんてもらったことはなかったから、これがおとっつあんの文字なんだ、と新鮮な気持ちになる。筆の跡をそっと指で撫でた。その文字を通して、おとっつあんの手に触れたような気がした。

から、からり。

看板障子《かんばんしょうじ》がゆっくり開けられた音がして、お鈴は我に返った。

ずいぶんおずおずした音だ。目をやると、小さな人影が見えた。ちょうどお天道様《てんとうさま》の光が入口から射していて、顔が陰になっている。

「おう、客かい」

銀次郎に声をかけられて、その人影は飛び上がった。

店の外に帰ろうとしつつ、しかし戻らず、落ち着きないままその場にとどまっている。

よく見ると、小さい人影はまだ子どもであった。

年のころは十歳頃といったところか。袴《はかま》を穿《は》いていて、髷《まげ》も綺麗に結い上げているから武家の子どもだろう。利発そうな顔つきで身体はひょろりと細く、背丈も小さい。手には竹刀袋《しないぶくろ》を持っているが、腕より竹刀のほうが太そうだ。泣きそうな顔をしてぶるぶる震えながら、口を真一文字に結んで立ち尽くしていた。

「あらあ、ずいぶん可愛らしいお客さんじゃない。どうしたのよ、そんなところに突っ立って。ほら、入ってきなさいよ」

役者のようだが女言葉の弥七に不安そうな顔をしつつ、その横に座る新之助の姿に安堵しつつ、少年がいつまでもおろおろしていると、

「おめえ、この店がなんの店か知ってるか」

銀次郎が問いかけた。

少年は震えながら、こくりと頷く。

「よし、じゃあ飯、食ってけ」

＊

「はい、どうぞ」

床几《しょうぎ》に座って固まる少年の横に、お鈴は盆を置いた。

「今日は真鰯《まいわし》の焼き物に、大根の汁。ご飯は大根の葉飯ですよ」

にっこり笑いかけるも、少年は肩を狭めたまま箸を取ろうとしない。料理を待っている間に弥七や新之助も話しかけていたが、俯いて無言でいるばかりだった。

くろがにゃーおと少年の足にすり寄る。「だめよもう」と弥七が抱きかかえて引きはがした。

「食え」

銀次郎が腕組みをして言った。

少年はびくりとしたが、手をつけていいのかためらっているようで、身体を小さく震わせている。

「食えっつってんだ、ばかやろう」

びりりと雷が落ちた。

少年は弾かれたように箸を持ち、碗を手にした。

はじめは、一刻も早く食べ終えてこの場を去りたい、おそらくそうした思いで食べ進めていたに違いなかった。しかし魚の身をむしり、味噌汁をすするとともに、強張っていた肩が下りてきた。食事の速度も緩やかになってきて、追い詰められていた顔も優しくなってきた。そして。

「美味しい」

ぽつりと零《こぼ》して、箸が止まった。

どうやら味が分かるくらいに落ち着いてきたのだろう。お鈴も一安心する。

すると。

少年は、うえええんと声を出して泣き始めた、

「ど、どうしたんですか。大丈夫ですか」

思いがけない行動に困惑してしまう。お鈴は兄妹がいなかったから、子どもの相手に慣れているわけではない。こんな時にどうしたらいいのか分からず、助けを求めて周りを見ると、銀次郎や弥七は、大丈夫だという顔をしていた。

しばらくそっと見守っていると、少年は袂《たもと》で涙をぬぐい、「ごめんなさい」と頭を

下げた。

「落ち着いた？」と弥七が尋ねると、「はい」と頷く。

「あたしは弥七。この美味しい料理を作ったお姉さんはお鈴ちゃん。それにこっちは同心の新之助さんで、あのこわーいおじさんが親分こと銀次郎」

弥七はしゃがんで少年と目線を合わせ、みなを紹介する。

「あ、それにこの子はうちの看板猫のくろよ」

くろがなーおと鳴いた。

「ね。どうしたの。何があったか教えてくれない？」

それでもなお、少年はしばし視線をさまよわせる。その不安を察した新之助が、助け船を出した。

「巷《ちまた》では色々噂《うわさ》もあるだろうが、みなさんとてもいい人達だ。安心なさい」

その言葉に覚悟を決めたのか、少年はぴょこんと立ち上がり、再び「ごめんなさい」と頭を下げた。

「私は、仁三郎《にさぶろう》と申します。じつは、道場の仲間から肝試しをしろと言われて。それで、その」

「やくざの親分がやってるっていう店に来たわけね」

「はい。ごめんなさい」

弥七と新之助が顔を見合わせて苦笑する。可愛い理由にお鈴も胸を撫でおろした。

「おい」と銀次郎が声をかけた。

「飯、旨かったか」

「はい」と仁三郎は力強く頷いた。

「すっごく美味しかったです。なんだか凄く温かい味がしました。食べてるうちにほっとして、それで、泣いてしまってごめんなさい」

頭がよく、根も真面目なのだろう。話し始めた後は、きちんと自分の言葉を紡《つむ》いでいた。

銀次郎は「ふん」と鼻を鳴らした。

「腹が空《す》いたら飯を食いに来い。今日の飯代はなしでいい」

「そ、そういうわけにはまいりません」

「構わねえっつってんだろう。子どもがいっちょ前の口利くんじゃねえ」

「は、はい」

「気にしなくてよい。さ、残りの飯を食べたら共に帰ろう」

新之助が優しく声をかけ、仁三郎は残りの飯を平らげた。

そうして入口の前で「すみませんでした」と述べて、店から去っていったのだった。

二

それから十日ほど過ぎたある日。

「寒くなってきたわねえ」

「ふん」

「なーお」

息が合っているのかよくわからない二人と一匹がいるのは小上がりだ。しかし、いつもとは違う光景が広がっている。

小山のように広がる布団めいたもの。炬燵《こたつ》が置かれているのだ。

ぐぐっと寒くなり、いよいよ炬燵《こたつ》開きの日がやってきた。きっと損料屋からでも借りてきたのだろう。いつもの火鉢の上に炬燵《こたつ》一式が運び込まれたのだった。

ここは銀次郎と弥七の部屋ではなく食べ物屋なのだけども……と思わなくもないが、もともと小上がりは銀次郎の定位置と化していたし、ほとんど客も来ないからまあいいのだろうとお鈴は諦めることにした。

銀次郎と弥七は炬燵《こたつ》に足を入れ、くろはその上で丸まっている。のどかなその姿を見ていると、冬が近づいてきたなあとしみじみ思う。

「ね、お鈴ちゃんもこっちへいらっしゃいよ。今日は寒いでしょう」

「この洗い物を片付けたら行きますね」

そんな話をしていると、看板障子《かんばんしょうじ》が開いた。

「おう、客かい」

その言葉の先にいたのは、先日みと屋を訪れた少年・仁三郎だった。

「あら、今日はどうしたの。遅いけど昼ご飯でも食べに来たの」

仁三郎はまたもや入口の前でもじもじしていたが、やがて意を決したように一歩踏み出した。そして。

「で、弟子にしてください！」

深々と頭を下げ、一同は口を開けて呆れたのだった。

＊

武士の務めは、幕府を支えて御護りすることである。

もしも戦があれば先陣を切らねばならないし、争いのなくなった今でも、有事に備えて強くあらねばならない。武家の子どもにとって武芸——とりわけ剣術は必須の嗜《たしな》みであり、必ずどこかの道場で剣を学ぶことになる。

武家に生まれた仁三郎も日々道場に通って修練を積んでいるが、いっこうに上手くならないのだという。もともと身体が弱いうえに、体術の勘もよくはない。道場内の番付けではだんとつのびりっけつ。

そんな仁三郎にちょっかいをかけてくる子ども達がいる。身体つきが立派で腕っぷしが立ち、剣も強い。手下を従えて道場でも大きな顔をしており、何かと仁三郎を使い走りにしてからかう。道場の先生のいないところで、竹刀でぶたれたり恥ずかしいことをさせられたりもする。みと屋に入って肝試しをしろと言い出したのもそいつらだ。道場であんなに弱いんだから、やくざのいるところに行って強くなって来い。そう笑われたのだという。

そいつらを見返してやりたい。そのために強くなりたい。だから、やくざの親分である銀次郎に弟子入りさせてもらえないか。

そういう話であった。

腕を組んでむっつりと聞いていた銀次郎だが、仁三郎が語り終えると、

「帰れ」

と言い放った。

「お願いします。私は、強くなりたいんです。だから、親分さんに弟子入りしたいんです。何でもやります。店の手伝いでも掃除でも、何でも」

武士の息子がやくざの親分に弟子入りを頼み込むなど、親が見たら卒倒しそうな光景である。だが、それだけ仁三郎の必死さが伝わってきた。なんとかしてやりたいが、こればかりはなんともできない。銀次郎はどうするのだろうか。お鈴は両手を握った。

「お前が弟子入りしたいのは、俺じゃなくてやくざという肩書だろう」

仁三郎は顔を歪《ゆが》ませた。

「それは、強さじゃねえ。そんなもんがほしいなら、別のところをあたれ」

銀次郎はいつものように迫力のある声を出さず、含めるように言った。その声は少し寂しそうにも聞こえた。

仁三郎は肩を落とす。

「ごめんなさい」

しょんぼりした表情のまま、帰っていった。

三

お鈴には加代《かよ》という友達がいる。大店《おおだな》のお嬢様だが、事件に巻き込まれたところを助けたことから、仲良くなったのだ。

そんな加代に誘われて、茶店で団子を食べた帰り道。

お鈴は鼻唄を歌いながら歩いていた。

団子を食べている最中も、加代から「お鈴ちゃん、何かいいことあった?」と尋ねられたほどで、そのとおり機嫌がいい。

それもそのはず。おとっつあんからまた手紙が届いたのだ。

文は、寒くなってきたが風邪を引くなよ、という内容だったが、おとっつあんが元気でいてくれて、手紙越しとはいえ繋がることができたのが本当に嬉しいのだ。もしかしたら、またおとっつあんと一緒に暮らせるようになるかもしれない。そんな夢も現実になる予感がして、どうしても気持ちが浮き立ってしまうのだった。

麹町《こうじまち》の近くを進む。立派な塀に囲まれた武家屋敷が立ち並び、お武家様も多く行き来するので、なんだか通るのに緊張してしまう。

ふと、子どもの声が聞こえた気がして、脇道を覗いた。

子ども達が四人ほど集まって騒いでいる。どこかで見覚えのある顔に近づくと、四人のうちのひとりは仁三郎だった。

はじめは、仲間で遊んでいるのかと思った。だが、よく見ると様子がおかしい。

三人は手ぶらなのに、仁三郎ひとりがたくさんの風呂敷包みを両肩に提《さ》げている。おそらくそれぞれの道着などが入っているのだろう。歩くたびにその重みでよろけ、転げそうになっている。それを周りの三人がげらげら笑いながら竹刀袋《しないぶくろ》で殴り、またよろりとする。しかし仁三郎は乾いた笑みを顔に張り付け、ふらふらと歩き続ける。

これは、よくないことだ。

「あ、あの」と声をかけると、子ども達が一斉にこちらを向いた。仁三郎だけが「あ」という顔をする。

「な、何をしてるんですか」

「何の用だよ」

いちばん年嵩《としかさ》らしい子どもが、居丈高《いたけだか》にお鈴の言葉を遮《さえぎ》った。顔立ちはあどけないのに身体はがっしりとして、大人にも見える。その歪《いびつ》さにぎょっとした。

「あ、あたしは」

「町人風情《ふぜい》が、俺達に何の用だって聞いてるんだよ」

さっと血の気が引いた。

心のどこかでただの〈子ども〉だと思っていた。だからつい声をかけてしまったのだ。だが、そうではない。彼らは〈武士の子ども〉なのだ。

江戸に出るまで武士と言葉を交わすことなんてなかったし、みと屋に来る武士も優しい新之助くらいだ。心に油断があった。武士と町人は天と地ほどの違いがある。本来は気軽に言葉を交わすことすらままならないし、それは大人だろうと子どもだろうと変わらない。機嫌を損ねれば、場合によっては無礼打ちとして斬り殺されたっておかしくないのだ。

自分のしでかしたことの重さに今さら気づいて、背筋に冷たい汗が滲《にじ》む。

「あ、あいすみません。大変申し訳ございませんでした」

その場に膝をつき、慌てて謝る。

年嵩の子どもは「はん」と吐き捨てて、お鈴を睥睨《へいげい》した。

「町人どころか貧乏人じゃねえか。自分の身分を分かってるのか」

「まったくだ」

「貧乏人が」

他の二人の子どももにやにや笑って追従する。

「ま、誠に申し訳ありません」

恐ろしさと悔しさ。それらが綯交《ないま》ぜになった感情が心を渦巻きつつも、お鈴には身を縮めて謝るしかできなかった。

「あーあ。白けちまった。お前ら、帰るぞ」

しばらくひどい言葉を投げつけた後、年嵩《としかさ》の子どもは二人の取り巻きを連れて帰っていった。

彼らの姿が見えなくなったのを確認して、お鈴は脱力した。どっと嫌な汗が噴き出してくる。両手を地につけて大きく息をついていると、後ろから「ごめんなさい」と小さな声がした。

振り向くと、仁三郎が申し訳なさそうに佇《たたず》んでいた。

「お鈴さん……ですよね。私のせいで、すみません」

「そんな。仁三郎さんこそ大丈夫でしたか」

「はい。あれくらい、慣れてますから」

ははは、と頭を掻く様子が痛々しい。

「慣れてるって、いつもあんなことされてるんですか」

「ええ、まあ。あれくらい軽いほうですよ」

「そんな」

「さ、帰りましょう。みと屋に戻るにはこっちです。途中まで同じ道なので、お送りしますよ」

大人びた口調で明るく振る舞おうとする仁三郎。まだ子どもなんだからそんな気を遣わなくていいのに、と言いかけてその言葉を呑み込んだ。

「はい、帰りましょう」

裾の砂を払って立ち上がった。

＊

武家屋敷が立ち並ぶ道を、二人で歩く。

どこかで誰かが剣の稽古《けいこ》でもしているのか、えいえいとかけ声がする。

お互いに気まずさがあり、しばらく無言が続く。その沈黙を破ったのは、仁三郎だった。

「お鈴さんは、親分が怖くないんですか」

「すっごく、怖かったです」

その答えに仁三郎は噴き出した。

「よかった、やっぱりそうですよね。はじめてあの人を見た時に、心の臓が止まりそうになりました」

「あたしもです。取って喰われるんじゃないかって」

顔を見合わせてふふふと笑う。

「なのに、どうしてあそこで働いているんですか」

「最初は本当に銀次郎さんが怖くてすぐにでも逃げ出そうと思っていたんです。でも、あたしは行方知れずのおとっつあんを捜してて、その手がかりを銀次郎さんが知っていそうだったこともありました。それに」

「それに？」

「あたし、みと屋と、みと屋で料理を作ることが好きなんです。だから、だと思います」

「そうだったんですか」

仁三郎はしみじみと言った。

「お鈴さんは強いんですね。私だったらきっとすぐに逃げ出してしまいます」

慌てて両手を振る。

「そんなこと全然ありません。あたしなんて馬鹿だし、どじだし。仁三郎さんはしっかりしていて大人びていて凄いです」

仁三郎が「そんなことないです」と小さく言った。

「兄二人は凄く剣の腕が立つんです。それに引き換え、私はいつまでたっても強くなれません。ずっと弱いままなんです。だから一日も早く強くなって、弱虫と馬鹿にしてくるあいつらをやっつけてやりたいのに」

絞り出すような響きだった。慰《なぐさ》めようとして、しかし何も言葉が見つからず、お鈴は黙って俯いた。

草履《ぞうり》が砂を噛む。

暗い話題を変えようと、お鈴は明るい声を出した。

「そ、そういえば、仁三郎さんは好きなものはありますか」

「好きなものですか」と宙を仰《あお》ぎ、ぱっと顔を輝かせた。

「双紙を読むのが好きです。家ではもっぱら双紙を読んでいて、父上によく叱られています」

ぺろりと舌を出す仁三郎は、はじめて子どもらしい笑顔を見せた。

「双紙ですか。この間お店にいた同心の新之助さんって覚えてますか。新之助さんも双紙を読むのが大好きらしいです。何て言ってたかなあ。十とか九とか」

「十返舎一九ですね」

「あ、はい。たぶんそんな名前だったと思います」

「ああ、素晴らしいなあ。双紙を読む人など周りにいないので、その話が聞けて嬉しいです。いつか話してみたいなあ」

「今度新之助さんがお店に来たら、伝えておきますね」

「はい」

しばらく好きな作家や双紙の名前を聞いているうちに分かれ道に着き、仁三郎は手を振りながら家へ帰っていった。

四

柳の葉が揺れた。

夏の間は青々と茂っていたが、今は黄色く色づいて、遠くから眺めると金色に輝いているようだ。

店先をひと掃除した後に、みと屋の看板とも言うべきこの柳にもたれかかるのがお鈴は好きだった。固い木の皮ごしにひんやりとした感触が伝わってきて心地いい。

今日も箒《ほうき》を持ったまま柳にもたれかかり、空を見上げてぼんやりする。ひょろろと鳥の鳴く声と、秋晴れの空。鱗《うろこ》に似た雲が穏やかに流れていく。

ふと、視線を感じた気がした。

あたりを見回すと、川向こうで人影が動いた。ずいぶんぴしりとした背中で、二刀が見えるから武士だろうか。じっと目を凝《こ》らしていると、武士らしき人影はお鈴の視線に気づいたのか、ふらりと立ち去った。

こっちを見ていたのだろうか。それとも偶然なのだろうか。

薄気味悪さを覚えながら、お鈴はみと屋に戻った。

「あらお鈴ちゃん、どうしたの。暗い顔して」

暖簾《のれん》をくぐると、弥七が声をかけてきた。そんなに変な顔をしていたのだろうか。

「あ、いえ。何でもないです。ただ」

「ただ？」

「なんだか、誰かに見られてたような気がして」

弥七は音もなく動き、暖簾《のれん》の隙間から外を覗いた。首を動かさず目だけできょろきょろ確認する。

「誰もいないみたいね」

「じゃあ、気のせいですね。すみません」

「ううん、いいのよ。むやみに心配はしなくていいけど、いつだって注意はしておくにこしたことないしね。お鈴ちゃんのおとっつあんのこともあるし」

「いらねえこと言うんじゃねえ、ばかやろう」

銀次郎の雷が落ちて、弥七が、あ、という顔をした。「お鈴ちゃんごめんね」と両手を胸の前で合わせる。

「いいんです。気にしないでください。それに、あたしもちょっと心配してたので」

みなに気を遣わせてしまっただけでなく、雰囲気を暗くしてしまい、ますます申し訳ない思いでいっぱいになる。

「そうだ、聞いて聞いて」

弥七が両手を打ち鳴らした。

「この間みと屋にきてた仁三郎って子のこと、調べてきたのよ」

「弥七さん、そんなことをしてたんですか」

「んもう、だって親分が調べてこいって言うからぁ」

銀次郎はやくざ稼業から足を洗っているが、いまだに身近に起こる事件に目を光らせていて、事件の気配を感じたら弥七に調べさせているのだった。

「調べたんだけどさ。あれはけっこう質《たち》が悪いわね」


仁三郎は町の道場に通っている。生徒は近くに住む武士の子弟が主で、本格的な場ではない。ほどほどの子ども達がほどほどに通うような道場だ。

本人も言っていたが、仁三郎は身体の勘が鈍く、剣の腕はからっきし。ほどほどが集まる道場でもだんとつのびりっけつで、戦ってもいないのに竹刀《しない》を持ったまま転ぶような不器用ぶりらしい。

道場には腕っぷしが強い悪童がおり、子分を従えて大将顔に振る舞っている。下級とはいえ旗本のひとり息子だから周りも見てみぬふり。威張り散らしてばかりの彼と子分らにとって仁三郎はかっこうの獲物だった。からかったり小突いたりするだけでなく、下男のように荷物を持たせて下働きまがいのことをさせたりする。仁三郎が読み書きや手習いはできることも癇《かん》に障るのか、毎日いじめられているそうだ。

もともと仁三郎はあまり友達がいるわけではなく、庇ってくれる仲間もいない。嫌がったり言い返したりすることもなく、毎日うなだれて道場の隅っこに座っているのだとか。

「子どもなのに、ひどい」

お鈴が絶句していると、銀次郎が鼻を鳴らした。

「子どもなのに、なんて侮るな。ガキは大人よりも周到だし、よく見てやがる。その悪ガキも手を出す相手を見極めてやってるんだ」

「仁三郎さんのことですか」

「名前からして三男坊だろう。それにたぶん御家人だろうな。腕っぷしが弱いだけじゃなく、立場的に弱いことも分かってやってんだ」

銀次郎は苦い顔で煙管《キセル》を一吸いした。

竹刀で小突かれてもへらりと笑う、気弱な仁三郎の顔が浮かんだ。

「なんとか、できないんでしょうか」

「ガキとはいえ侍だからな。町人のお前は絶対に手を出すんじゃあねえ。それにな。色んなしがらみもあるだろうが、あの小僧自身がなんとかするしかねえんだ」

銀次郎が吐いた煙が宙にゆらめき、消えていった。

五

「そうですか。草双紙が好きな子どもですか。それは嬉しいなあ」

「はい、きっとお話が合うと思います」

ある日の昼下がり。今日も新之助が飯を食べに来たので、仁三郎の話をしたのだった。

「ひとりで双紙を読むのも楽しいのですが、誰かと語り合うのはもっと楽しいと思うのです。そうだ、よかったらお鈴さんも読みませんか。私がお貸ししますよ」

「いいえ、あたしはちょっと」

新之助の熱意にたじろいでいると。

がたん、と店先から激しい音がした。乾いた木の音だ。水を汲《く》む桶だろうか。続いて聞こえる複数の下卑《げび》た笑い声。

銀次郎と弥七が鋭く目をやり、くろが炬燵《こたつ》から飛び降りる。様子を見てこようとお鈴が立ち上がった時。

荒々しく看板障子《かんばんしょうじ》が引き開けられた。

その先に立っていたのは、仁三郎と、子どもが三人。

仁三郎をいじめていた連中だった。

大柄な子どもがにやりと笑い、仁三郎の肩に手をかけた。「おい、分かってるな」と言いかけて「やべ」と口にした。

店に新之助がいることに気が付いたのだ。

何をしようとしていたのかは知らないが、さすがに同心の前でよからぬことをしでかすのはまずい。

新之助が声をかけるより早く、三人は散り散りに逃げていった。

後に残されたのは仁三郎のみ。

仁三郎は途方に暮れて泣きそうな顔をしている。手に持っているのは、むき身の竹刀。

「あの、そんなもの持ってたら、危ないですよ」

見かねて声をかけると、仁三郎はお鈴の顔をぼうっと見て、竹刀を取り落とした。かたんと音が響く。そのまま無言でへたりこんだ。

「ど、どうしたんですか」

お鈴が駆け寄り、新之助も「大丈夫か」と声をかける。

二人であたふたしていると、銀次郎が「おい」と言った。

「お前、飯食いに来たんだろ」

突然の問いかけに、仁三郎は呆然としている。

「飯、食いに来たんだよな」

睨《にら》みつけられるように問われ、仁三郎は呆《ほう》けたままに頷いた。

銀次郎は「ふん」と鼻を鳴らす。

「よし、お鈴。こいつに飯作ってやれ」

＊

厨房に立ち、想いを巡らす。

さて、何を作ろうか。

昼もすっかり過ぎてしまった。新之助は昼餉《ひるげ》がまだだというので定食を出したが、今さら飯という刻《とき》でもない。それにちょうど魚も切れてしまった。甘いものがあればいいけれど、菓子もない。

——私はいつまでたっても強くなれません。ずっと弱いままなんです。だから一日も早く強くなって、弱虫と馬鹿にしてくるあいつらをやっつけてやりたいのに。

仁三郎の絞り出すような声が聞こえた気がした。

あの時、「そうじゃない」と伝えなかったことを、お鈴は少し悔やんでいた。きっと、そうじゃない。それは銀次郎が仁三郎の弟子入りを拒絶したのと同じ理由なのだろうと思う。

何か仁三郎の心に届くものは作れないか。

いい食材がないかと探していると、うどんの粉に目が留まった。

お鈴の頭の中に、ある料理の姿が浮かび上がった。

うどんの粉を水で溶き、混ぜ合わせる。ここで手を抜いてはいけない。しっかりと混ぜ合わせてだまが残らないようにしなければならない。細かく切るように、そしてふんわり空気を入れるように丁寧に混ぜ合わせていく。

とろりと均等な濃さになったら熱した鍋にくるみの油を塗り、そのたねを杓子《しゃくし》で掬《すく》って薄く広げる。この薄さがまた難しい。薄すぎるとすぐに破けてしまうし、厚すぎるとべちゃっとした触感になってしまう。生地越しに鍋底が見えるか見えないかくらいの厚さでさっと焼き、皿に取る。

丸い生地の真ん中に山椒味噌《さんしょうみそ》を塗り、刻んだくるみを載せる。最後に砂糖を少々振って、生地をくるりと丸めた。

こうして薄黄色の巻物のような食べ物が出来上がったのだった。

＊

厨房から戻ると、仁三郎はうなだれたまま床几《しょうぎ》に座り、残りの三人は小上がりの炬《こ》燵《たつ》近くで、くろと戯《たわむ》れていた。

「くろは大人しいし人懐っこいですね。私が近づいてもぜんぜん逃げません」

「人懐っこいんじゃなくて、ぐうたらなだけよ。ほんとにすっかり情けない子になっちゃって」

弥七がしかめっつらをするが、くろは知らんぷり。すまし顔で毛づくろいをするばかりだ。

「お待たせしました」と声をかけると、一同がこちらを向いた。

「さ、食べてください」

仁三郎の前に皿を置くが、手を付けようとしない。

「あの、早く食べないと硬くなっちゃいます」

促しても、微動だにしない。やがてしびれを切らしたのか、銀次郎が「食えっつってんだろ」と雷を落とした。

一喝されてやっと目の前の料理に気づいたようだ。ふらふらと手を伸ばし、一齧《ひとかじ》りする。生地のもちりとした食感の中に、かりかりのくるみ。噛む音が小気味よく聞こえてくる。

仁三郎は目を丸くした。

「美味しい……」

もう二口、三口と食べ進める。

羨ましそうに眺めていた弥七が口を挟んだ。

「ね、お鈴ちゃん、なあにこれ。お饅頭《まんじゅう》？」

「そうですね。饅頭《まんじゅう》の友達みたいなものです。ふのやきっていう名前で、時々おとっつあんがお八つに作ってくれたのを思い出して」

「へえ、つるんとしてて見た目も可愛いわね。巻物みたい。ね、今度あたしにも作ってちょうだい」

「わ、私も食べたいです」

「はい、もちろんです」

強引に参加してきた新之助に笑っていると、気づけば仁三郎はふのやきをぺろりと平らげていた。

先ほどまで焦点が合っていなかった目に、力が戻っている。

ほっとしたお鈴は、仁三郎の隣に腰かけた。

「ね、仁三郎さん。美味しいものって、どんなものですか」

仁三郎はぼそぼそと答えた。

「それは……そうですね。味がいいものですか」

「はい。じゃあ、硬いものは美味しいものですか」

「ううん、硬くてまずいものもありますね」

「じゃあ、やわらかいものは美味しいものですか」

「それだけではないと思います。あ、でもこれは美味しいです」

「ありがとうございます」と微笑む。

「仁三郎さんがおっしゃるとおり、美味しさに硬いとかやわらかいとかはどうでもいいですよね。人の強さも、同じじゃないかと思うんです」

仁三郎がきょとんとする。

「人の強さって、武芸に長《た》けていることなんでしょうか」

仁三郎は眉根を寄せて少し考え込み、口を開いた。

「私はそう思っていました。じゃあ、どんな人が強いんですか」

「心がある人、じゃないでしょうか」

「心」

「おとっつあんがよく言ってたんです。料理は腕じゃない、心なんだって。料理の腕に長《た》けていれば、そりゃあ美味しい料理は作れます。でも、料理の腕が下手でも美味しい料理は作れるんです」

――俺がこの世で一番旨《うま》いと思う料理は、お前やおっかさんが作ってくれる料理だ。それは、そこに家族を想う心があるからだ。いいか、普段の料理も同じだ。どんなに包丁さばきが上手くても、そこに心がなければ旨《うま》い料理は作れねえんだ。

店じまいをして家族三人で遅い賄《まかな》い飯を食べている時、おとっつあんが語ってくれた言葉だ。

「だからきっと、心を持っている人が強いんじゃないでしょうか」

しんと静まり返った店内。みなの視線に気づいて、お鈴は一気に恥ずかしくなり汗が噴き出てきた。

「す、すいません。あたしったら学もないのにえらそうなことを。それにお武家様にこんな口をきいてしまって本当に申し訳ありません」

料理が関わるとつい口が軽くなってしまう。自分の悪い癖を反省しつつ頭を下げる。

と、仁三郎の目にみるみる涙が溜まって、溢れ出した。

洪水のように流れ、わんわんと泣き出す。

「ど、どうしたんですか。すいません、あたしが余計なことを言って」

あたふたしていると、弥七がお鈴の肩に手を置いた。優しい目をしてこちらを見る。

横に並ぶ新之助も、無言で頷いた。

やがて泣き止んだ仁三郎は、両手を握りしめた。

「お、お鈴さんの言うとおりです。私は、弱いのです」

「え、あたし、そういうつもりじゃ」

「いいえ、そうなのです。私は、人としても武士としても情けなく、心が足りていない男なのです。私は。私は……」

俯き、何かを堪《こら》えているようだ。続く言葉を言おうとして止め、また何かを言おうとしては目が泳ぐ。

「何が、あったのだ」

新之助が温かな声で尋ねた。

仁三郎は覚悟を決めて口を開いた。

「私は、あいつらにいじめられていました。弱い弱いと馬鹿にされてばかりで、早く強くなりたかった。本当は剣で強くなりたいけど、それは難しい。だから親分さんの力を借りれば、強くなれるんじゃないか。そう思っていました。でも、私が弱かったのは剣の腕なんかではなく、自分の心だったのです。心が強ければ、きっといじめられたりはしなかった。今日だって、みと屋で何か壊してこいと言われるがままに表の桶を蹴飛ばしてしまって」

くろが小上がりから降りて、仁三郎の足元に座った。まるで寄り添うように、尻尾で足を撫でる。

「でも、それだけではないのです。私は、私は、あいつらに言われて家の金にも手を付けてしまったのです。すべて私の弱さが招いたことです。私に必要な強さとは何なのか、本当は分かっていたはずなのに」

床几《しょうぎ》に座り込み、涙を流す仁三郎。その背中に新之助が手を当てる。

「そのことに自ら気づいたことは、おぬしの強さだ。確かにおぬしは弱かったかもしれない。だが、今強くなったのだ」

「そうよ。それにあんたはね、最初っから強い子よ」

弥七がにやりと笑った。

「だって、こんな怖あい親分がいる料理屋に、ひとりで入ってこれたのよ。あいつらは口だけで入ってこれなかったのにさ」

にやにやする弥七を、「うるせえ、ばかやろう」と銀次郎が蹴っ飛ばした。

そのまま大股で歩き、仁三郎の前で仁王立《におうだ》ちした。怯《おび》えた顔の仁三郎を睨《にら》むように見ながら、銀次郎は言った。

「後は、お前次第だ。本当に強くなりたいなら、お前の弱さにけりをつけてこい」

　その目をじっと見た後、仁三郎は頷いた。

六

「ちょっと親分、もう少し身体を縮めてよ。それじゃあ向こうから丸見えじゃない。ほら、新之助さんも同心なんでしょ、そんなんじゃ張り込みで下手人にばれちゃうわよ」

「うるせえ、ばかやろう」

「は、はい」

銀次郎、弥七、新之助とお鈴の四人がいるのは、麹町近くの武家屋敷が並ぶ通りだ。

　みと屋から仁三郎が帰った後。

またあの悪童達に絡まれないか心配だから見に行きたいと弥七が言い出し、お鈴がなだめていたら、なんと新之助までも心配だと言い始め、無言で銀次郎も立ち上がり、いつの間にやらお鈴も同行することに。

銀次郎の腕の中にはくろがいるので、総勢四人と一匹で仁三郎の後を付けることになった。仁三郎に見つからぬよう、道々の家陰に隠れながらこそこそと進む。

もうすぐ自宅の屋敷も近いだろうと思われたその時。

歩く仁三郎の前に人影が現れた。例の悪童達である。

「おい、弱虫三郎じゃないか。お前、言われたとおりあのボロ屋をぶっ壊してきたんだろうな」

「まさか泣いて帰ってきたわけじゃないだろうな」

「逃げてきたなら、また殴ってやろうか」

ぎゃははと下品な声が飛び交う。こちらから表情は伺えないが、仁三郎の悔しさと怒りが背中から伝わってきた。

「おい、なんとか言えよ、弱虫」

大柄な子どもが仁三郎の肩を小突く。仁三郎は黙ったまま何も言おうとしない。

「そうだ、俺達、今腹減ってんだ。銭出せよ」

ほら、と手を突き出す。

「おい、ないならとっとと家から取ってこいよ」

お鈴はむらむらと怒りが湧いてきた。自分は町人だから加勢はできない。口を出しても、先日のようにやり込められるだけだし、下手をすると斬られてしまうかもしれない。でもここには新之助がいる。いかな悪童といえども、さすがに同心には手出しはできない。そう思って目を向けるが、新之助は仁三郎を強い眼差しで見つめていた。

銀次郎と弥七もじっと動こうとしない。お鈴がやきもきしていると。

「いやだ」

かすかな声がして、悪童達が動きを止めた。

「おまえ、何か言ったか」

「いやだ」

さっきよりも大きな声。仁三郎だった。

細い足はがくがくしている。今にも頽《くずお》れそうな身体を、両手をきつく握りしめて耐えている。これまでいじめられ続けてきた中で、この三文字を口にするのに、どれだけの勇気がいったことか。その胸の内を想うと、眦《まなじり》に涙が浮かんできた。

仁三郎が反抗的な態度を取るとは思ってもいなかったのだろう。悪童達も言葉を失ってたじろいでいる様子だった。

「な、なに生意気なこと言ってんだ。弱虫のくせに。いいから銭出せよ」

再び肩を小突くが、仁三郎は足を踏みしめて動かない。

「てめえ、殴ってやろうか」

「いやだ!」

怒っているような、泣いているような声。心からの叫びに、悪童達は顔を見合わせた。大柄な子どもはきまりが悪くなったのか、「面白くねえ。帰るぞ」と取り巻きに告げた。

「おい弱虫、覚えてろよ」

その去り際、仁三郎に顔を寄せてひと脅しする。「けっ」と唾を吐いて、取り巻きを連れて歩き始めた。

「あああ、あの子やったじゃない。もう偉いわあ」

「ええ、男になりましたね」

弥七が新之助と手を取り合って喜ぶ。

銀次郎は「ふん」と鼻を鳴らし、くろがなーおと鳴く。心なしか嬉しそうだ。かくいうお鈴も、知らずのうちに涙で頬がびしょびしょになっていた。

「でも、大丈夫でしょうか。明日からまたひどいことされるんじゃあ」

お鈴は悪童の捨て台詞が気になっていた。今日は仁三郎の勇気で乗り切れたが、明日から余計に悪化するのではないだろうか。

「そうね。だからちょぃと、行ってくるわね」

弥七は銀次郎に目配せをした。

＊

「ねえ、あんた達」

弥七の呼びかけに悪童三人は振り返り、「なんだよ」と言いかけて言葉を詰まらせた。

それもそのはず。そこにいるのはぞっとするような色男の弥七と、目力だけで人を射殺せそうな銀次郎だ。あきらかに堅気ではない。

「こ、こいつ、あのぼろ屋のやくざだぜ」

取り巻きのひとりが、大柄な少年の着物を引っ張って耳打ちした。子ども達が青ざめる。

「な、何の用だよ」

「あんた達に話があってね」

弥七が笑い顔のまま言う。

「あたし達、あの仁三郎ちゃんと友達になったのよ。もうね、大の仲良し。だからね」

弥七の細い指が、大柄な少年の首をすうと撫でた。

「二度とあの子に手を出しちゃだめよ」

それは、屋敷の陰から覗いていたお鈴さえも肝を冷やす声だった。

子ども達は紙切れのように真っ白な顔になっている。それでも大柄な少年はただでは引き下がらなかった。

「な、な、なんなんだよ、お前は。貧乏人のくせに、俺が誰だか分かってんのか。町人の分際で武士にそんな口利きやがって。おまえらなんか、父上に言えばどうにだってできるんだぞ」

お鈴に対してしたように、弥七に対しても武士の身分を嵩《かさ》にかかってすごむ。殺し屋という弥七の裏の顔を知っている身からすると、なんと命知らずな……と呆れさえする。

「やってみろ」

銀次郎が言い放った。

その瞬間。

うわああと取り巻き達が逃げ出した。一拍遅れて、大柄な子どもも大声で泣きながら脱兎のごとく逃げ出していった。

「あらやだ。ちょっと大人げなかったかしら」

弥七が頬に手を当て、首を傾げる。

悪童達が二度と悪さをしないようくぎを刺すために、銀次郎と弥七で悪童達を追いかけたのだった。逃げていく悪童達を遠目に見つつ、陰で見守っていたお鈴と新之助も合流する。

「本来なら私はお二人を止めないといけないのですが、あの子ども達にもよい薬になったことでしょう」

新之助は苦笑した。

「ともあれ、これで一件落着ね」

弥七に同意するかのように、足元でくろが一鳴きした。

七

「新之助様は、『八犬伝《はっけんでん》』だと誰がお好きですか」

「そうだなあ、やはり犬塚信乃《いぬづかしの》かな」

「ああ、かっこいいですよね。私は犬江親兵衛《いぬえしんべえ》が好きなのです」

「ああ、犬江親兵衛もいいなあ。確か年も仁三郎と近かったのではないか」

「はい、そうなのです」

うららかな昼下がり。

みと屋の床几《しょうぎ》で新之助と仁三郎が熱い双紙談義をしている。二人以外誰も話に付いていけず、遠くから見守るばかりだ。

弥七が炬燵《こたつ》に肘をついて、呆れた声を出した。

「ちょいとあんた達さあ。ここは茶店じゃないんだから、いつまでいるのよ」

「いやあ、すみません」

新之助が頭を掻く。

「男二人で茶店に入るのも気が引けますし、入ったら入ったで若い娘ばかりでゆっくりもできませんし。静かに話せるところがなかなかなくて」

「静かな場所で悪かったわね」

弥七はぷりぷりし、銀次郎は機嫌悪く煙管《キセル》をぷかりとやった。

いつもならば一喝して追い出しそうなものだが、仁三郎に気を遣っているのだろう。苦虫を嚙みつぶしたような銀次郎の顔がおかしかった。

銀次郎と弥七の脅しが効いたのか、悪童どものいじめはあれからぴたりと止んだそうだ。なぜか急に腫れ物を扱うようになったと仁三郎は笑っていた。悪童どものいじめがなくなったことで、道場で話す仲間も少しずつ増えてきたらしい。

また、仁三郎は家の金に手を付けていたことを、自ら親に話したそうだ。仁三郎の親は黙って話を聞いて、叱った後、「よく自分から話した。お前も強い男になったな」と褒めたのだとか。使ってしまった金はすぐに戻せないけれど、働けるようになったら必ず返すつもりだと仁三郎は語った。

そして、すっかり新之助と仁三郎は友達になった。もともと性格も似ているが、双紙好きという共通の趣味もあって、こうしてちょくちょくみと屋に入《い》り浸《びた》っては二人で話し込んでいる。

ずっと暗い顔ばかりだった仁三郎が、今は笑顔を見せてくれるのが、お鈴は何よりも嬉しかった。

楽しげな笑い声を聞きながら、暖簾《のれん》をくぐって外に出た。

柳の葉が店先に落ちるようになったので、小まめに掃除をしているのだ。みと屋の裏から箒《ほうき》を持ってきたところで「あの」と声をかけられた。

振り返ると、以前にも手紙を持ってきてくれた男が立っていた。

「またあんたに手紙だよ。ほら、たしかに渡したからな」

そっけなく告げ、白い文《ふみ》を手渡して去っていく。

——おとっつあんからの手紙だ。

はやる気持ちを抑えつつ、文を開く。
だが、今日の手紙はいつもと違った。
文字を追うごとにお鈴の顔から血の気が引いていき、胸のうちに暗い雲が押し寄せる。
手紙に書かれていた内容、それは。
おとっつあんが病にかかり薬代が必要だ、というものだった。

第三話　まっくろ海苔のまんまるむすび

一

「ねえ、ちょっと。何よそれ」

加代はみと屋を訪れるなり呆れ声を出した。

視線の先には、小上がりに置かれた炬燵《こたつ》。その中にぬくぬくと埋まっているのは銀次郎と弥七の男二人だ。

「見れば分かるでしょ、炬燵《こたつ》よ、炬燵《こたつ》」

だらける弥七に、加代はぷりぷりと指を突き付ける。

「ここは料理屋でしょう。なんでそんなものがあるのよ」

「だって寒いじゃないの」

「んもう、本当にあんた達は商売をやる気があるのかしら」

「なによ、あるわよう」

「ふん」

結綿《ゆいわた》の髷に、ちょいと刺された品のいい簪《かんざし》。娘振袖を着て、頬には愛嬌《あいきょう》のあるえくぼ。見るからにお嬢さん然とした佇《たたず》まいの加代は、呉服問屋である大瀧屋《おおたきや》のひとり娘だ。

詐欺師が加代を騙《だま》して実家から金を巻き上げようとした事件を、銀次郎達が見破ったことから縁ができた。かつてはお転婆《てんば》なわがまま娘として名が知られていた加代も、その一件以降はずいぶんと落ち着いたものだ。惚れやすさも鳴りをひそめたらしい。

それでも誰彼構わず、ずけずけとものを言う性格は変わっていない。はじめてみと屋に来た時分は、さすがに銀次郎の迫力に怯《おび》えていたものの、すっかり物おじしなくなっている。お鈴とは年の頃も近いことから仲のよい友達となり、時折茶店に団子を食べにいったりもする。外で会う機会が多かったため、みと屋にはここしばらくご無沙汰だった。

「加代さん、いらっしゃい」

「ああ、お鈴ちゃん。もう、お鈴ちゃんがいてどうしてこんなもんが店にあるのよ。ただでさえ来ない客が、ますます来なくなるじゃない」

「まあ、そうなんだけどね」

まったく言うとおりで、苦笑するしかない。

「それより、今日はどうしたの。みと屋に来るのは久しぶりじゃない」

「はい、これ。お鈴ちゃんにあげようと思って」

「なあに、これ」

加代が、手に持っていたものを差し出した。竹の持ち手の先に鯛や打ち出の小槌《こづち》を模したものがたくさん付けられていて、何やら縁起がよさそうだ。持ってみると大きさの割に重くない。

「熊手よ。太助《たすけ》に酉《とり》の市《いち》に連れて行ってもらったから、そのお土産《みやげ》」

「酉の市ってなんなの？」

「ちょっと、お鈴ちゃん酉の市知らないの」

熊手を胸に抱えて、小首を傾げる。

「酉の市ってのは、十一月の酉の日に行われる市のことよ。浅草の鷲神社《おおとりじんじゃ》でやっていて、こんな熊手を売ってたり、屋台もたくさん出てたりで楽しかったわあ」

加代には憎からぬ仲の太助という男がいる。加代の幼馴染《おさななじみ》であり、大瀧屋の奉公人でもある。加代のお目付け役としてよく一緒にいるが、その実、心のうちでお互いに想い合っていることをお鈴は知っている。酉の市が楽しかったのも事実だろうが、太助と二人で出かけたからこそ楽しかったのだろう。加代の笑顔を見ていると、お鈴の心もぽかぽかしてくるのだった。

「ありがとう。大切にするね」

「熊手には福を掻き集めるって意味もあるんですって。商売繁盛するにつれて毎年大きくしていくらしいから、来年はもっと大きな熊手を買うといいわ」

「そうなるように頑張るね」

加代は「そうそう」と床几《しょうぎ》に腰を下ろした。

意味深に声をひそめる。

「そういえば酉の市で聞いたんだけどね。幻の屋台があるって知ってる？」

「幻の屋台？」

「そう。すっごく美味しいお蕎麦の屋台らしいんだけど、どこに屋台を出すか誰も知らないんですって。同じ場所に二日続けて構えることがないせいで、もう一回食べたくても食べられない。だから幻の屋台って言われてるらしいわよ。お鈴ちゃん好きそうだなと思って」

「凄いなあ。よっぽど美味しいのね、その屋台」

「何でも、鈴をつけてるのが目印なんですって」

「あたしも噂《うわさ》だけ聞いたことあるわ。店主もどこの誰だか分からないみたいね」

炬燵《こたつ》の中から弥七が口を挟んだ。

「弥七さんも食べたことないんですか」

「そうなのよ。まあ噂《うわさ》ってのは尾ひれ背びれがつくもんだけど、そこまで言うなら一度くらい食べてみたいわよねえ」

*

からりと看板障子《かんばんしょうじ》が開いた。

「おう、客かい……ふん」

不機嫌な銀次郎に迎えられたのは、新之助だった。しかし様子がおかしい。眉間に皺《しわ》を寄せて、何やら呟いている。

加代が「あら、新之助様じゃない」と声をかけてもお構いなしだ。

宙を見据えてふらふら進む新之助に、加代が「ちょっと」と声を大きくした。

「ああ、加代さんじゃありませんか。どうしましたか」

「どうしましたかじゃないわよ。ぼーっとしちゃって」

「すみません。つい考えごとに夢中になってしまって」

苦笑しながら頭を掻く。

「考えごとって、また何かあったの？」

弥七が言った。

「ええ、そうなのです」

新之助は刀を抜いて小上がりに腰をかけた。全員に話が聞こえるように、ぐるりと見回す。

「ここのところ、辻斬りが起きているのをご存じですか」

「瓦版《かわらばん》で読んだわよ。覆面をつけた男が辻斬りしてるって話でしょう。刃引きしてるから死人は出てないらしいけど」

「ええ、そうなのです。下手人は覆面をつけた男。昼日中や夜など刻《とき》を選ばずの、人通りの少ない道に現れます。襲われた者は男女様々で、誰にもつながりはなし。どうやら怨恨ではなさそうですし、財布を盗られたわけでもないので物取りとも思えない。手口は腰に挟んだ刀で一斬り。弥七さんの言うとおり刃引きはしてありますが、それでも刀です。襲われた者は骨を折ったり重い打撲を負ったりしています」

「いやあねえ、罪もない人を無差別に襲うなんて。そんなの美しくないわ」

弥七が頬に手を当てる。

「で、どうなの、下手人の目星はついてるの？」

「いえ、まだです。奉行所で探索をしていますが、襲われた者達が町人や無宿者ばかりなこともあり、あまり熱も入っていない有様《ありさま》でして。ただ」

「ただ？」

「気になっている者がいるのです」

新之助は目を鋭くした。

「名は申しませんが、とある大店《おおだな》の若旦那がどうにも気にかかるのです。現場の近くで見かけたという声もあり、どうも何かを隠しているような気配がある。ただ、普段から人徳のある人物で知られていますし、そんな事件など起こす理由もない。奉行所の仲間に相談しても笑われるばかりです。なにより、犯行の刻に若旦那は店の奥にいたという店の者達の証言もありまして」

「店の人達がぐるってことはないの」

「それはないですね。それに、店の者以外からも証言がありますから」

「あら、それじゃあ無理ね。同じ刻に二つの場所になんて行けっこないものね」

「ええ、そうなのです。ただ、どうにも何かがひっかかってむずむずしていまして」

「生真面目な同心は大変ねえ。でもまあ、そういうの新之助さんらしいから、いっぱい悩んだらいいんじゃないかしら」

からからと笑う弥七。そこに「そんなことよりね」と加代が口を挟んだ。

加代は物騒な事件にはまったく興味がないようで、見るからに話半分に聞いていた。きっと飽きたのだろう。強引に自分の話を割り込ませてきた。

「私、このあいだ太助と二人で西の市に行ってきたの。熊手を買ったり、屋台に寄って買い食いなんかしたりして。太助に天麩羅《てんぷら》をご馳走《ちそう》してもらっちゃった」

口うるさかったお目付け役の太助も、ずいぶん甘くなったものだ。お鈴は心の中で微笑んだ。

「誰かとどこかに出かけるのって、とっても楽しいのよ。それでね」

加代は浮かれた口ぶりで言った。

「新之助様も誰かと出かけたら」

「はあ」

新之助が間の抜けた声を上げる。

「だからね、新之助様も出かければいいじゃない。祭りや買い物や芝居や、どこだって出かけるところはあるじゃない」

「いや、私には出かける相手も」

「もう、そういうのはね、自分から誘うものなのよ」

加代がお鈴をちらりと見て、新之助に目配せをした。新之助は妙にあたふたしはじめ、お鈴は何が起きているのか分からずぽかんとする。

「いや、その、しかし、あの」

顔を真っ赤に染める新之助。その膝を「もう、しっかりしなさいよ」と加代が叩いた。

「あらあ、ずいぶんと面白そうな話じゃない。あたしも混ぜてちょうだいよ」

弥七が炬燵《こたつ》からごそごそと出てこようとした時だ。

「おいてめえら、ここをどこだと思ってる、茶店じゃねえんだぞ」

銀次郎は苛立たしげに煙管《キセル》をふかす。

「す、すみません」と身体を縮める三人。

「分かりゃあいいんだ。よし、じゃあ飯食っていけ」

そして銀次郎は「お鈴、飯二つだ」と言い放ったのだった。

二

お鈴が暮らしているのは、みと屋の二階だ。

銀次郎と弥七は近くの長屋に住んでおり、店じまいの後はひとりきりになる。

ひとりぼっちで過ごす夜にもずいぶん慣れたが、時折無性に寂しくなる時もあった。

みと屋の建物自体は古くないので、隙間風がびゅうびゅう吹くというわけではない。しかし夜もだんだんと寒くなってきていたし、その寒さがまた心に風を吹かすのだった。

外から、虫の鳴く音がかすかに聞こえる。

お鈴は夜具にくるまりながら、風呂敷の上に置いていた手紙を開いた。

行灯《あんどん》の火の下、黒々とした文字に目をやる。

――薬代のこと、迷惑をかけてすまない。おかげでずいぶん身体が楽になった。寒くなってきたからお前も身体に気を付けろ。

数日前に届いたおとっつあんからの手紙。何度も読み返していて、今日もまた寝る前に開いてしまった。その文字を読んでは安心し、また少し不安になる。

薬代が必要だというおとっつあんの手紙を読んだ次の日。お鈴は銭を包んで遣いの小僧に渡した。小僧をよこすから、工面《くめん》ができそうであれば渡してくれと書いてあったのだ。

それからしばらく何にも身が入らず、上の空の日々を過ごした。包丁で手を切りそうになったり皿を落としそうになったり、銀次郎や弥七にずいぶん心配されたものだ。

おとっつあんが元気になったとの報せが届いてやっと心は落ち着いたが、まだ安心はできない。追われている身だから、身体を悪くしても簡単に医者にかかることができないかもしれない。早くよくなってほしい。心からそう願う。

——追われている。

少し前に、川向こうで見かけた武士の姿を思い出した。

あれはもしかして、おとっつあんへの追っ手ではないだろうか。みと屋で娘のお鈴が働いていることを知って探っているのではないだろうか。

そういえば、新之助が辻斬りの話をしていた。もしかして何か関わりがあったりしないだろうか。おとっつあんに危害を加えようとしている者だったりしないだろうか。

考えれば考えるほど、心がどんどん悪いほうに傾いていき、不安で押しつぶされそうになる。

お鈴は頭を一振りし、行灯《あんどん》の明かりを消して横になった。

いつの間にか、虫の音は聞こえなくなっていた。

三

今日は店を開けていない。

みと屋に決まった休みはないが、銀次郎のきまぐれで突然の休日になることもある。

昨日も唐突に「明日は休みだ」と言い出して、ぽっかり一日空《あ》いてしまった。とはいえ、やることもないので町に繰り出している。

町に出かけても芝居に興味があるわけではなし。今日も今日とて料理屋を巡り、おとっつあんの手がかりを捜しているが芳《かんば》しくはなかった。

からりとしたいい天気である。

陽差しが注ぎ、肌寒さは感じない。

通りには人が溢れ、橋の近くには屋台が立ち並んで繁盛している。天麩羅《てんぷら》、寿司、うなぎと、様々な屋台が軒《のき》を連ね、香しい匂いが漂《ただよ》ってくる。

天麩羅《てんぷら》屋の隣には蕎麦屋の屋台だ。買った天麩羅《てんぷら》を載せて、天麩羅《てんぷら》蕎麦にして食べている客もいるようだ。その蕎麦屋は繁盛しているわけではないし鈴も付いていないから、加代が言っていた幻の蕎麦屋ではないのだろう。

それにしても、幻の蕎麦屋とはどんな蕎麦を出すのだろうか。蕎麦とはとても単純な食べ物だ。しかし麺や汁は奥深く、作る人によって味も大きく変わってくる。料理人の端くれとして、いつかどこかで食べてみたいものだと思う。

「さあ、読んだ読んだ」

読売《よみうり》の声が聞こえた。

人が集まる方へ向かってみると、皺《しわ》になった瓦版《かわらばん》が手渡された。

人だかりを抜けて目を通したところ、新之助の言っていた辻斬りがまた出たらしい。

今回襲われたのは罪のない棒手振《ぼてふ》り。仕事を終えて長屋に帰ろうとした夕刻、小道で襲われたと書いてあった。なんとも恐ろしいことだとひやりとする。

「これって新之助様が話してた事件じゃない。怖いわねえ」

耳元に吐息がかかって、お鈴は飛び上がった。

振り向くと、肩越しに瓦版《かわらばん》を覗き込んでいたのは加代だった。花をあしらった簪《かんざし》を差し、手には小ぶりな巾着。今日も彩り豊かな装《よそお》いである。

「加代さんじゃない。もう、びっくりした」

「お鈴ちゃん驚きすぎよ。ああ面白い」

加代はけらけらと笑った。

「どうしたの、こんなところで」

「芝居を見に行った帰りよ。そうしたら橋の袂《たもと》に見知った顔を見つけたってわけ。お鈴ちゃんこそどうしたのよ」

「みと屋がお休みになっちゃったから、散歩に来たの」

「そうなんだ。ね、お鈴ちゃん、あたしお腹空《なかす》いちゃった。天麩羅《てんぷら》食べない？」

加代はお鈴の返事も聞かずに屋台に向かい、天麩羅《てんぷら》を二本持ってきた。

「はい、お鈴ちゃんにもあげる」

「あ、ありがとう。でも買い食いなんてしていいの？」

「いいのよ、今日は太助もいないんだし。今のうちにうんと羽を伸ばしておかなくちゃ」

串をつまみながら、二人で川沿いの道を歩く。

天麩羅《てんぷら》の具は白身魚で、軽く揚げられた身が、ごま油の香ばしさとともに口の中で溶けてゆく。火傷《やけど》をしないように息を吹きかけつつ食べる。

「そういえば、新之助様は最近みと屋に来た？」

「ええと、二日前くらいに来た気がするけど。どうかした？」

「何か言ってた？」

心なしかいつもより落ち着きがなかった気もするが、いつもどおりだったような気もする。

「特になんにも」

すると加代は眉根を寄せて、「もう、ほんとに意気地がないんだから」と呟いた。

「新之助さんに何か用？　言伝でもしておこうか」

加代は不機嫌そうに「いいの」と首を振る。

「そうじゃないの。ちょっと私からきつく言っとくわ」

何をぷりぷりしているのかさっぱり分らなかったが、その後は加代ののろけ話を聞いたり、くろと弥七のおかしい話をしたりして、二人で帰ったのだった。

四

かたり、がさがさ。かたり、がさがさ。

先ほどから店先で聞こえる音だ。

看板障子《かんばんしょうじ》越しに、店の前を行ったり来たりする人影が見えているから、誰かがうろうろしている足音なのだろう。少し歩いては障子に手をかけて止め、また少し歩いては手をかける。

店に入ろうか入るまいか悩んでいるようだ。

銀次郎は膝を揺らしながら煙管《キセル》をすぱすぱやっていたが、限界を迎えたらしい。かんと勢いよく火鉢にぶつけて、雷を落とした。

「どこのどいつか知らねえが、とっとと入ってこい」

弾かれたように看板障子《かんばんしょうじ》が開かれ、暖簾《のれん》をくぐってきたのは。

「新之助さんじゃないですか」

お鈴は驚いた声を出した。

てっきりみと屋に来たことのないお客で、入ろうかどうしようか迷っているのだと思ったからだ。新之助はみと屋の常連中の常連である。店に入るのに、今さら何をためらう必要があろうか。

「どうしたんですか、なんだかうろうろして」

「いや、あの、その、はい」

もとより内気な新之助だが、いつもに増して歯切れが悪い。店の中まで入らず、暖《の》簾《れん》の下で頭を掻いたり手をさすったりしている。

「身体の調子でも悪いんですか」

「いえ、その、お鈴さんに、話がありまして」

「あたしですか」

「はい、あの、その」

「とっとと言え、ばかやろう」

いらいらした銀次郎がまたもや雷を落とし、弥七が側で「まあまあ」と宥《なだ》める。

しかしそれで心が固まったのか、新之助は両手を握ってお鈴に向き合った。

「お鈴さん」

「は、はい」

「わ、私と、お、お出かけいたしませんか」

唐突なことで、しばしぽかんとしてしまった。

「どこに?」

何を言われているのかよく意味を取れず、とんちんかんな返事をしてしまう。

「え、ええと、そうですね、ご飯でも食べたり」

顔を赤くして、俯く新之助。

「それは構いませんけど、あたしお店がありますから」

弥七が「大丈夫よ」と口を挟んだ。

「店は大丈夫だから、行ってらっしゃいよ。せっかくの逢引《あいびき》なんだからさ」

「あ、逢引《あいびき》なんて新之助さんに失礼ですよ」

慌てて両手を振る。新之助は同心で、お鈴はただの町娘である。そんなことがあるわけないではないか。ところが新之助は否定もせずに、「いや、あの」ともじもじするばかりだ。

「いいのよ、いいのよ。若いっていいわあ」

人の話も聞かずに、弥七はうっとりとした表情を浮かべた。

「店のことは心配しないで、いつでも出かけてらっしゃい。もしも客が来たら親分とあたしでなんとかするから。それにほら、客なんてどうせ誰も来やしないし」

銀次郎が「うるせえ、ばかやろう」と弥七を叩く。

そうは言っても、さすがに店を抜けるわけにはいかない。新之助には申し訳ないが、また店が休みになりそうな機会にこちらから声をかけよう。

そんなことを考えていると、銀次郎がじろりとお鈴を見た。

「行ってこい」

意外な展開に耳を疑ってしまう。

「いいんですか。お店、休みにするんですか」

「店くらいなんとでもなる。いいから、行ってこいっつってんだ、ばかやろう」

「もう、素直じゃないんだからぁ」とじゃれる弥七に、「ふん」と鼻を鳴らす銀次郎。

お鈴はぽかんとし、新之助はずっと下を向いたまま顔を赤くするのだった。

＊

店を抜けていいということになったものの、新之助は始終もごもごして話が進まない。弥七が仔細を尋ね、銀次郎が時おり雷を落とし、出かけるのは三日後ということでまとまった。

新之助がぎこちない足取りで店を去った後。

店じまいの手を止め、「でも、本当に店を開けてていいんでしょうか」とお鈴は不安の声を漏らした。

もともと銀次郎は気まぐれでみと屋を休みにする。ならばお鈴が出かける日も店を休みにすればいいのではないかと提案したが、なぜか頑として「店は開ける」と言い張るのだ。料理の腕が壊滅的な銀次郎と、これまた力にはならない弥七の二人で店を回せるのか。自分の腕に自信があるというわけではなく、ただ単に心配だった。

「お鈴ちゃんがいなくてもなんとかなるってところ、見せたいのよ」と弥七が笑い、銀次郎が「ふん」と鼻を鳴らした。

「それにしても、新之助さん、やっと男気見せたわねえ」

「どういうことですか」

「何言ってるの、お鈴ちゃんのこと、憎からず思ってるのよ」

「もう、からかわないでください」

「あら本当よ。男が女を誘うなんてね、古今東西、逢引《あいびき》って決まってるのよ」

「新之助さんはお武家の方ですよ。そんなことあるわけないじゃないですか」

「そんなことないわよ」

弥七が顔を近づける。白粉《おしろい》の匂いがした。

「愛の前にはね、身分なんて関係ないのよ。ああ、なんて素敵なのかしら」

両手を上げて舞う弥七。からかわれているのだろうが、そう言われるとつい新之助のことを意識してしまう。どうして気まぐれに誘ってくれたのかは分からないけれど、恐れ多い気持ちと同時に嬉しさもあった。気弱な表情でにへらっと笑う新之助の顔を思い浮かべると、胸の奥が少し温かくなった。

「そうだわ。お鈴ちゃん、あなた着物はあるの」

おとっつあんを捜しに着の身着のまま江戸に出て来て、持ち物もほんのわずか。そもそも他所《よそ》行きの着物なんて、おっかさんの薬代のためにとうの昔に手放していた。しかしさすがにこの格好で出かけるわけにはいかない。洗いざらしで継ぎの当たった着物に目をやり、途方に暮れる。

「大丈夫よ」

弥七が力強く言った。

「あたしにまかせなさい。四郎《しろう》さんのところで借りてきてあげるわ。とびきり綺麗な紅も分けてあげる。髪も結ってあげなきゃね」

四郎さんとは、繁盛している損料屋・天草屋《あまくさや》の店主のことだ。弥七の知り合いで、あらゆるものを貸してくれる謎の商人である。

着物をどこで用意すれば分からなかったし、流行も知らない。ここは洒落男《しゃれおとこ》の弥七の言葉に甘えよう。

「弥七さん、ありがとうございます」

「いいのよ。せっかくなんだから、うんとおめかししなきゃね」

五

あっという間に二日が過ぎて、当日の朝。

鳥の鳴き声を聞きながら、お鈴は店の料理の仕込みをいつもより念入りに行った。

それらが済むと、一息つく間もなく次の作業に取りかかる。

自分の準備だ。

子どものころ、おとっつあんとおっかさんと出かける先といえば、少し歩いたところにある高台だった。開《ひら》けた場所に草木が程よく茂り、春は桜が咲き、秋には紅葉が色づく。持参したお弁当を食べながら、ゆったりと風にあたっておしゃべりするのが好きだった。

せっかくのお出かけだから、せめて昼飯くらいは用意しよう。そして新之助と一緒に食べるのだ。

お鈴は曲げわっぱを二つ取り出した。昨日、損料屋から借りてきたものだ。芝居で出るような幕の内のお重は用意できないけれど、できる範囲で洒落《しゃれ》たものを用意した。

そこに、昨日煮ておいた芋の煮物を入れる。冷めてしまっても味がぼやけないように、いい塩梅《あんばい》に馴染《なじ》んでいる。一晩置いておいたので汁がこっくりとしみ込んで、いい塩梅《あんばい》に馴染《なじ》んでいる。

そして握り飯。

水で濡らした両手に塩を付けて、炊き立ての飯を握っていく。その途中で「あるもの」を入れて、まあるくまあるく握る。ぎゅっと握ると硬くなってしまうから、空気も一緒に包むように柔らかく握る。小さな鞠《まり》のようになったら、黒々とした海苔で巻いて完成だ。

――飯を握る時は、食べてくれる人への想いと感謝を込めて握るんだ。

おとっつあんの声が、耳の奥で木霊《こだま》した。

弁当を作り終えて厨房から出ると、店には銀次郎と弥七がいた。

「あらあ、お鈴ちゃん、よく似合ってるわよ」

「すいません。恥ずかしいです」

お鈴が着ていたのは、弥七が手配してくれた着物だ。黄色い縞《しま》柄で、手触りもいい。こんなに明るく可愛らしい着物を身につけたことがなかったので、なんだか照れてしまう。あまりにも嬉しくて、着物を着てからひとりでくるくる回ったり飛び跳ねたりしていたことは誰にも内緒だ。

「なに言ってるの、もっと堂々となさい。ほら、それ置いてこっちにいらっしゃい」

風呂敷を床几《しょうぎ》に置いて側に向かうと、弥七は袂《たもと》から貝殻のようなものを取り出した。ぱかりと開けて、中のものを掬《すく》い、その手をお鈴に伸ばした。弥七のひんやりした指が唇に触れ、上と下の唇に筆で描くように動く。

「うん、いいじゃない」

「あの、なんですか、これ」

「紅よ。いっぱい塗り重ねて緑色にするのが流行《はや》りだけど、あたしはあんまり好きじゃないのよねえ。やっぱり女の子は赤い紅がいちばんいいわよ。お鈴ちゃんはもとが可愛いから、ちょっぴりで十分」

「あ、ありがとうございます」

紅なんてはじめて引いた。大人になったみたいでどきどきする。

「ほら、綺麗でしょう。親分、どう」

銀次郎はちらりとお鈴を見て、「ふん」と鼻を鳴らした。

「もう、これなんだから。素直に褒《ほ》めてあげればいいのにね」

弥七がくすくす笑った。

「あ、あの。料理の準備だけしておきました。汁は温めればいいようになっていて、漬物も小鉢に分けてます。後は魚だけ焼いてもらえれば」

銀次郎達はすべて自分でやると言っていたが、さすがに不安なのと申し訳ないのとで、下ごしらえをしておいたのだ。魚を焼いて皿に盛り付ければいいだけなので、万が一客が来ても大丈夫だろう。

「もう、そこまで気を回さなくていいのに」

「心配すんじゃねえ。いいからもう行ってこい」

「はい。行ってきます」

むっつり顔の銀次郎と手を振る弥七に見送られ、お鈴はみと屋を後にしたのだった。

＊

幸いなことに、雲一つない晴天だ。爽《さわ》やかな風が吹き、トンボがすいと横を飛ぶ。考えれば、こんなにゆったりした気持ちで出かけるのは久しぶりかもしれない。江戸に来てからは、時間があればおとっつあんの手がかりを捜してばかりだった。年頃の娘らしく町を歩けることに、心が浮き立ってくる。

待ち合わせの場所は、神田明神の前だった。近づくにつれ、何やらうろうろしている男がいると思ったら、新之助だ。

「新之助さん、こんにちは。いつもと違うから、分からなかったです」

新之助はおなじみの黒羽織ではなく、十手《じって》も提《さ》げていなかった。もとより威圧感のない新之助といえど、黒羽織と朱房《しゅぶさ》の十手《じって》を身につけた姿は同心としての圧がある。それらを纏《まと》わない着流し姿の今は、武士というよりも商家の若旦那に見えた。そして、そのほうが新之助らしいとも思った。

「や、あの、これはお鈴さん。ほ、本日はお日柄もよく」

新之助はお鈴に気づいてあたふたする。右手と右足が同時に出る有様《ありさま》だし、しゃべり方もとにかくぎこちない。

「新之助さん、大丈夫ですか。この間から変ですよ」

「い、いや、そんなことは。そ、それよりも」

新之助はおほん、と咳払いした。

「お、お鈴さん、素敵なお召し物ですね」

「あ、ありがとうございます」

他人から褒められたことなんてあまりないから、どぎまぎしてしまう。なぜか胸が早鐘を打つ。

急に恥ずかしくなって俯いた。新之助も下を向く。

沈黙が下りて、通り過ぎる人々の騒《ざわ》めきが耳に響いた。

「あの」

口を開いたのは二人同時だった。

顔を見合わせたとたんにおかしくなり、お互いにくすくす笑った。

実を言うと、お鈴自身も少し緊張していたのだ。男の人と二人で出かけることなんてなかったから、何をしゃべればいいのかよく分からなかった。でも、目の前にいるのはみと屋の常連の新之助だ。ふっと肩の力が抜けた。それは新之助も同様だったのだろう。

「お鈴さん、今日はありがとうございます」

ぺこりと頭を下げる新之助は、いつもと同じ柔和な口調に戻っていた。

「いいえ、こちらこそです。そうだ、お弁当作ってきたんです」

風呂敷を持ち上げると、新之助が「あ」という顔をした。

「あの、どうかしましたか」

「いえ、あの」

気まずそうに頭を掻く。

「実は、どこかの料亭で昼飯でも、と考えていたのですが」

「す、すみません」

お鈴を喜ばせようと、黙っていてくれたのかもしれない。気遣いを察せず、至らなさに申し訳なくなる。

「いやいや、何もお伝えしなかった私が悪いのです。むしろ、そんな心遣いをいただいてすみません。お鈴さんのお弁当、嬉しいです」

「あたし、男の人と出かけることがはじめてで、おとっつあんやおっかさんと出かけるといえば近くの山でお花見だったので、ついお弁当を作っちゃいました」

「そうでしたか。いや、実は私も女の人と出かけるのははじめてなのです。そうですね。慣れていない者同士、いつもどおりに楽しみましょう」

新之助はにっこり笑った。

「せっかくのお弁当です。散歩しながら不忍池《しのばずいけ》あたりでゆっくり食べるのはいかがですか」

「はい、ぜひ。あたしゆっくり江戸の町を歩いたことがないので、楽しみです」

＊

道の脇に茂る銀杏《ぎんなん》が黄色く色づいていた。時おり葉が舞い落ちる。

画のような光景なのに、地面に落ちた銀杏《ぎんなん》の実が変な匂いをさせているから風情《ふぜい》が台無しだ。ただ、匂いは苦手だが銀杏《ぎんなん》自体は嫌いではない。からりと揚げて塩を振ると、とびきり美味しいからだ。

そんな道々を眺めつつ、新之助としゃべりながら不忍池に向かう。

「新之助さんは、どうして同心になったんですか」

「我が家は代々同心の家系ですから」

新之助は苦笑し、お鈴は「すみません」と赤面した。武士にとってお家の仕事は継ぐものであり、選ぶものではない。考えずとも分かることを尋ねてしまって恥ずかしくなる。

「いいえ、いいんです。私も同心になりたかったわけではありませんし」

「そう、なんですか」

「ええ。私が武士に向いていない質《たち》なのは、お鈴さんもよくご存じでしょう」

新之助は自嘲気味に言った。

「そもそも、武士の家に生まれたくなんてなかった。こうしてお鈴さんと出かけていることとすら武士の中にはよく思わぬ連中もいるでしょう。でも、武士だとか町人だとか、男だとか女だとか、そうした違いが私にはよく分からぬのです。みな同じ人ではないかと思うのですが、そんなことを口にしては大変なことになりますからね」

新之助の話は、お鈴には少し難しかった。町人より武士のほうがえらいと教えられて生きてきた身としては、違いが分からぬと言われても、それ自体がよく分からない。でも、みんな同じ人である、という言葉は心に残った。それはとても新之助らしい言葉だと感じられた。

「もし武家に生まれていなかったら、何になりたかったですか」

「できることなら、学者か戯作者になりたかったものです。好きなものを選び、ひたすら打ち込むような、そんな仕事をしたかったですね。苦しいかもしれないけれど、きっととても素敵なことだと思うのです」

「新之助さん、凄く学者に向いてると思います」

「ね、そうでしょう」

「好きなものを選ぶ、ですか」

お鈴はぽつりと呟いた。

「どうかしましたか」

「おとっつあんの店を手伝ってましたから、自然と料理が好きになって、いつか店を継ぐのかなってぼんやり思ってました。でも、あたしにはその道を選ばないこともできたんですね」

「そうですね。好きなものを選べるというのは、とても素晴らしいことだと思います」

「みと屋って変なところですけど、あたしはあそこで料理をするのが好きです。でも、それって幸せなことだったんだなって気づきました」

不忍池には、いつも蓮の葉が浮かんでいる。夏には薄い赤い色をした大きな花が咲き、極楽のような景色が広がるのだ、
しかし冬に差しかかる今は花も落ち、葉は茶色くしんなりとしていた。

「ううむ、あまり美しくないですね」

「あ、でもあそこ見てください。まだ紅葉が残ってますよ」

お鈴が指さした先には、季節外れの紅葉が葉を残していた。赤く色づいて揺れている。

「本当ですね。それでは、少し遅いですが、紅葉狩りといたしましょう」

紅葉が綺麗に見えるところに腰を下ろし、話を続ける。

「お鈴さんのご両親は、厳しい人でしたか」

「ううん、そうですね」

おとっつあんとおっかさんの顔を思い浮かべた。二人と過ごしたたくさんの時間と思い出が頭をよぎった。

「凄く優しかったけど、厳しい時もありました」

たとえば食べ物を雑に扱った時。たとえば包丁で手を切りそうになった時。たとえば悪い言葉遣いをした時。

お鈴になぜいけなかったのかを伝え、二度としないように怒ってくれた。もちろん怒られた時は怖くて大いに泣いたものだが、今ならばそれが愛情なのだとよく分かる。

「でも、やっぱり優しかったです」

「お鈴さんのご両親らしいですね」

新之助はにこりとした。

「そういえば、御父上の消息は掴めましたか」

「それが、まださっぱりです」

手紙のことは新之助にも伏せている。おとっつあんと文《ふみ》のやりとりができるようになったものの、料理屋を巡って手がかりを捜すことは続けていた。しかし居場所の欠片も見つかってはおらず、一ところに留まらずに転々としているのではないかと銀次郎は言っていた。

「そうですか。きっと、近いうちに再会できますよ。私も何か耳にしたらお伝えしますので」

「はい。ありがとうございます」

しんみりしてしまうのを避けるため、お鈴は話を逸らした。

「新之助さんのご両親は、どうでしたか」

「そうですね。我が家は厳しかったです」

風に運ばれて、蓮の葉がどこかへ流れていった。

「とにかく武士たることを求める父でしたし、母は手習いで他の者よりいい成績を収めることを求めました。屋敷に帰る刻にも口やかましかったですし、様々なことに厳格な親でした。だから二人にとって双紙ばかり読んでいる私は、あまり誉《ほま》れではないのですよ」

「そ、そんなことないです。新之助さんは誠実な方だし、あたしみたいな娘にも優しく接してくれる素敵な人です」

新之助は顔を赤くして、口をぱくぱくさせた。その様子が金魚みたいでおかしく、お鈴は思わず噴き出してしまう。

「な、何かおかしかったですか」

「いいえ、すみません。何でもないんです」

新之助は顔を緩めて、おもむろに袂《たもと》に手を入れた。

「そうだ、お鈴さんに渡したいものがあるんです」

そう言って手渡してくれたのは、洒落《しゃれ》た和紙に包まれた長細い物だった。

膝の上で、柔らかな和紙を丁寧に開いてゆく。中には、金に輝く簪《かんざし》があった。

「新之助さん、これって」

「よかったらお鈴さんに差し上げたくて」

「こ、こんな高価なものいただけません」

お鈴は慌てて返そうとした。精緻《せいち》な細工が施されており、決して安いものではないだろう。

「いえ、いいのです」

新之助はまっすぐな目できっぱりと言った、

「お鈴さんの料理は、私の心を救ってくれました。その礼をずっとしたいと思っていたのです」

「でも、その」

「私は、これをお鈴さんにもらってほしいのです」

「ありがとうございます」

お鈴は簪《かんざし》を和紙で包み直して胸に押し抱いた。

「大切にいたします」

新之助の想いが伝わってきて胸がいっぱいになり、それ以上の言葉が出てこなかった。口を開こうとすると、嬉しくて涙がこぼれそうになるからだ。

*

「そうだ、そろそろお弁当を食べませんか」

お鈴は風呂敷を開けて、曲げわっぱを二つ取り出した。

「はい、これが新之助さんのぶんです」

「ありがとうございます。お鈴さんの弁当、楽しみだなあ」

新之助が蓋を開く。そこには黒々とした握り飯が二つと煮物。

彩《いろど》りが悪いなと我ながら思ったが、腹を下さないためにしっかり火を通して味をつけるとなると、どうしても色が黒くなってしまうのだ。

「あまり豪勢なものを用意できなくて、恥ずかしいんですが」

「いえいえ、立派な弁当です。それに、この握り飯の海苔はつやつやしていて綺麗ですね」

「はい、浅草海苔で巻いてるんです」

「やあ、それは嬉しい。では、早速。いただきます」

新之助は黒い握り飯を掴んで、大きく頬張った。

「この海苔、ずいぶん風味がありますね。飯に合ってとても美味しいです」

「はい。巻く前に軽く炙《あぶ》っているので、香ばしくなっています」

「なるほど」と食べ進める新之助だったが、途中で目を見開いた。

咀嚼《そしゃく》して呑み込み、驚きの声を上げた。

「中に何か入っていますね。これは、昆布ですか」

「はい、昆布を醬油で煮たものを中に入れてるんです」

「よく味が染みていて、とても旨《うま》いです。そうか、握り飯の中に具を入れるのはいいですね」

「お弁当は具から汁が出てべちゃっとなることもありますが、これだと染みにくいですし、むしろ握り飯に味が付いてより楽しめるんです」

「さすがお鈴さん。いやあ、美味しいです」

「よかったです」

新之助の言葉に安堵して、お鈴も握り飯を口にした。

うん、あの頃の味だ、と思う。おとっつあんとおっかさんと並んでおにぎりを食べた、あの頃の。

「おむすびって言うんです」

いつの間にか、ぽつりと口からこぼれていた。

「普段は握り飯って呼んでますけど、おとっつあんとおっかさんと三人で作る握り飯は、おむすびって言ってたんです」

手に持った握り飯をじっと見つめる。

「おとっつあんとおっかさんと出かけることは滅多になかったですけど、遊びに行く時は必ずこのおむすびを持って行ったんです。店で出す握り飯を作るのはおとっつあんですが、家族で出かける時は、あたしやおっかさんも握りました。みんなで握って家族の絆を結ぶんだって。だからおむすびなんだって」

新之助は黙って話を聞いていた。

「誰かとおむすびを食べるのが凄く久しぶりで、嬉しかったです」

「絆を結ぶからおむすびですか。とても素敵ですね」

新之助は、わっぱに残るもう一つのおむすびを手に取って、しみじみと言った。がぶりと大きな口でかぶりついて噛みしめる。そして再び目を大きくした。

「これは、また中身が違いますか。なんだろう、魚かな」

「はい。焼き鯖を解《ほぐ》したものを少し味付けしたんです。中身が違うものが入っていた方が、食べる楽しみがあるんじゃないかなって」

「本当にそうですね。いやあ、これも美味しい。まさか外で魚が食べられるとは思っていませんでした。まるでみと屋で魚の膳《ぜん》を食べているような気持ちになります」

「わあ、よかったです」

「それにしても、見た目は同じなのに、中が違うというのは楽しくて面白いですね」

ふと、新之助が目を細めた。

「見た目は同じで、中が違う、か」

「どうかしましたか」

「いえ……」

新之助は急に立ち上がり、手に持った握り飯を凝視しながら何かを呟いている。そのまましばらくその場を歩き回った。

いったいどうしたのかと、お鈴が呆気に取られて眺めていると。

新之助が立ち止まった。

「そうか、見た目が同じで、中が違ったんだ」

「新之助さん？」

「お鈴さん、ありがとうございます」

急に両手を握られた。新之助の温かな手のひらにどぎまぎする。

「お鈴さんのおかげで、例の事件が解けそうです」

「例の事件、ですか」

「あの辻斬りの件です。もしかしたら、若旦那が同じ刻に二つの場所にいたわけが分かったかもしれません」

「そうなんですか」

「はい。もしそうだとしたら、お鈴さんの握り飯のおかげです」

「は、はあ」

「お鈴さん、すみません。ちょっと私は今から奉行所に戻ります」

状況に追いつけず、はあとしか言葉が出てこない。

「せっかくお誘いしたのに急に中座してしまい、本当に申し訳ありません。しかし、しかし、どうしても今動かねばならず」

「いいんです」

申し訳なさそうに口早に謝る新之助の言葉を、お鈴は遮《さえぎ》った。

新之助と出かけるのが唐突に終わるのは寂しかった。けれど、事情はよく分からぬが、きっと新之助は何かに気づき、その結果、多くの人を救うことになるのだろう。どんな時であれ、町の人のことを第一に考えるのはとても新之助らしいし、いつまでもそういう同心であってほしいと心から思った。

「行ってきてください。それでこそ、新之助さんです」

「すみません、ありがとう。弁当、とても美味しかったです」

新之助は残りのおむすびを呑むように平らげ、その場から駆け出そうとして振り向いた。

「お鈴さん。また、お誘いしても、いいですか」

「はい、もちろん」

新之助は破顔し、軽く一礼して小走りで去っていった。

その背中が見えなくなるまで、お鈴はずっと見守っていた。

六

「もう、信じられない！」

みと屋に金切り声が響いた。

声の主である加代は、頭のてっぺんから湯気を上げて怒り顔だ。

「逢引《あいびき》の途中で帰るなんて、男として最低よ。あれだけ色々指南したのに、今度会ったらとっちめなきゃ」

「指南？」

きょとんとするお鈴に、加代は慌てた顔で「な、何でもないわ」と口ごもる。

「でもお鈴ちゃんもお鈴ちゃんよ。なんで怒らなかったのよ」

「だって」と下を向く。

「なんだか、凄く新之助さんらしくて素敵だなと思ったから」

加代はさらに何か言いかけたが、肩の力を抜いた。

「そうね、たしかにあの人らしいわ」

「それに、事件も無事に解決したみたいだし」

あれから新之助は、町で起きていた辻斬りの事件を見事に解決した。

——見た目が同じで、中が違ったんだ。

握り飯から新之助がひらめいたこと、それは、見た目は同じ人だが中身が違うという可能性だった。もしも顔が似た者を替え玉としていたのなら——その線で調べたところ、見事に大当たり。

新之助が怪しいと睨《にら》んでいた若旦那には、実は双子の兄弟がいたらしい。放蕩《ほうとう》が過ぎて勘当《かんどう》され、江戸から離れていたそうだが、若旦那が小遣いを与えてこっそり呼び戻していた。そうして自分の身代わりとして使っていたのだ。

ずっと店の奥にいたと思われていた若旦那は替え玉。時おり無言で店先を覗いたり、わざと外から顔が見えるようにうろついたりして、犯行の刻に店にいたように見せかける。奉公人達と話さずにすぐに部屋に戻るから襤褸《ぼろ》は出ないという寸法だ。その隙に若旦那はこっそり外に出て、覆面を被って辻斬りを繰り返していた。その他にも賭場で遊んだり吉原に通ったりと、好き放題していたらしい。

大店《おおだな》の若旦那ともあろうものがそんな悪行をしていた理由は、日ごろの憂さ晴らしだったということだ。店の後継ぎとして幼少から厳しく育てられ、友達と遊ぶことも許されず手習いに店の手伝いにと励んできた。しかし心の歪《ゆが》みは徐々に大きくなり、いつからかどす黒い闇を抱えるようになっていた。このままでは商いにも支障が出るから、陰でその鬱憤《うっぷん》を晴らさないといけない。そうして馴染《なじみ》の質屋からこっそり刀を求め、通り魔と化してしまったらしい。

決して許されぬことだが、好きなことを選ぶ道なんてなかったという新之助の話を思い出し、ほんの少しだけ若旦那の心のうちに想いを馳せた。


「それにしても、さすがにもうちょっとこの二人を鍛えたほうがいいんじゃないかしら」

加代が呆れ顔でため息をつく。その視線の先に並ぶのは銀次郎と弥七だ。

「もうね、本当に本当に大変だったんだから。誰も客なんて来ないと思ってたら、よりにもよって二人も来ちゃうじゃない。そりゃもう大変よ。親分は鍋をひっくり返すわ、魚を焦がすわ、危うくくみと屋ごと焼けるかと思ったわよ」

「うるせえ、てめえだって客に茶をぶっかけたじゃねえか」

「あ、あれは足が滑っただけよ。くろが邪魔をするから」

くろが自分のせいではないぞと言わんばかりに、しゃーっと毛を逆立たせる。

「お前が悪い」「いや親分が」と言い合いを続ける二人に、加代は再び深いため息をついた。

そしてお鈴を見て、何かに気づいたように悪戯《いたずら》っぽく笑った。

「お鈴ちゃん、その簪《かんざし》、よく似合ってるわよ」

にやにやする加代にお鈴はあたふたし、頬を赤くしたのだった。

第四話　そっくりたまごとうふ

一

いつの間にやら、師走《しわす》に入った。

店の前に聳《そび》える柳も、葉が散ってずいぶん寂しい風貌になってしまった。

柳の葉が落ちるだけでなく、強風でそこかしこの落ち葉が飛んでくるので、最近はいつもより頻繁に店先を掃除している。

お鈴は箒《ほうき》を掃く手を止め、深くため息をついた。

数日前に、おとっつあんからの手紙が届いた。

再び体調を崩し、銭がいるのだと言う。なんとか都合してやりたいのはやまやまだが、なけなしの銭のほとんどは薬代として送ってしまった。困り果てて返事にその旨をしたためると、信頼できる知り合いをよこすから相談してくれと返ってきた。

次の日にやってきた「おとっつあんの知り合い」は、妙ににこにこした男だった。

背が小さくて、腰も低い。平太《へいた》と名乗ったその男は、「わけは全部聞いてるから、大丈夫ですよ」と神妙な顔で言った。

「あの、おとっつあんの容体はどうなんですか。そんなに悪いんですか」

「そうですねえ、ちょっと芳《かんば》しくないようでして」

「薬代、これだと足りないんですよね」

みと屋の先にある木陰に場所を移し、僅かばかりの小銭を手渡す。平太は眉をハの字にして「そうですねえ」と顔を曇らせた。

「残念ながら、まだまだ足りませんなあ。やはりいい薬というのは、値も高くつきますしねえ」

「そう、ですよね」

なんとかしたいが、なんともできない。どうしたらいいんだろうと俯いてしまう。

「そうですよ」と平太が手を叩いた。

「お鈴さん、大瀧屋のお嬢さんとお友達だと聞きました。大瀧屋さんといえば大店《おおだな》だ。お嬢さんのお友達とあれば、一両や二両くらい用立ててくれるんじゃありませんか。ひょっとしたら十両だって」

「それは……できません」

ほんの一瞬、もしかしたら、という気持ちが湧いた。もしかしたら、加代なら銭を貸してくれるかもしれない。でもそれは駄目だ。銭のやりとりが生まれた時点で、その関係は対等ではなくなる。加代はお鈴にとって大切な友達だからこそ、友情に付け込むようなことは絶対にしたくなかった。

それにしても、平太はどうしてお鈴が加代と仲がいいと知っているのだろう。そんな思いが頭をかすめたが、おとっつあんにあてた手紙に加代の話をよく書いていたことに気づいた。信頼できる知り合いだというから、手紙を読んだおとっつあんから聞いたのかもしれない。

「そうですか。それは、困りましたねえ」

「あの、薬代はどれくらい必要なんでしょうか」

「そうですねえ。病の状況にもよりますが、まあまずは五両といったところでしょうか」

「五両！」

五両といえば大金も大金だ。普通に働いて手に入る額ではない。つい大きな声を出してしまい、平太に「しっ」と窘《たしな》められた。

「大声出しちゃいけませんよ。いつどこで、誰が開いてるか分からないんですから」

「は、はい。すみません。そうですね」

心の内に暗い影がよぎる。

ここしばらく、視線を感じることがあった。相手は巧みに顔を見せないようにしているから確証は持てないけれども、ぴしりとした背中が見え隠れするから、いつぞや川向こうからお鈴を見ていた武士に違いなかった。

お鈴を監視している男がいる。日々怖くて怖くてたまらなかったが、誰にも迷惑をかけたくなくて銀次郎や弥七にも相談できずにいたのだ。

「あの、銭はなんとか工面します。少しずつかもしれないけど」

俯いたまま、消え入りそうな声で言う。

「そうですねえ。でも、あんまり待てないですよ。なんていったって大事な身体のことですからねえ」

「はい」

着物の裾をぐっと握りしめた。おとっつあんの身体の心配と、自分のふがいなさに打ちひしがれそうになる。

「まあ、今日はこれをお預かりしていきますね」

手渡した銭を袂《たもと》に入れながら、平太は独り言のように囁《ささや》いた。

「もし金の工面にお困りでしたら、稼ぎのいい働き口もご紹介できますよ」

無言のままのお鈴を見て、平太は「それじゃあ、また」と去っていった。

びゅうと北風が吹いて、お鈴は現実に引き戻された。

平太に会って以来、あの日のことを思い返してばかりだ。おとっつあんのためには金がいる。しかしその金はすぐに貯められない。ましてや客の来ないみと屋ではなおさらだ。今の状態で給金をもらえているほうが不思議だし、これ以上銀次郎に頼るわけにはいかない。もしも稼ぎのいい仕事があるならば——

また頭の中がぐるぐるしてしまった。お鈴は両頰を叩き、箒《ほうき》と落ち葉を片付け始めた。

二

店に戻り、小上がりの炬燵《こたつ》に潜《もぐ》り込んだ。

今日は銀次郎も弥七も出かけていて、誰もいない。

がらんとした店内は、いつもよりも薄暗く広く感じられた。寂しさが背中を這う。隅で毛づくろいをしていたくろが、足音をたてずに近づいてきた。喉の下を撫でてやると、嬉しそうな声を出していたが、ついと戸のほうに顔を向けてにゃあと鳴く。

すると。

看板障子《かんばんしょうじ》が開いて、暖簾《のれん》から男がひょこりと顔を出した。

年の頃は三十くらいだろうか。無精ひげを生やして髷《まげ》も崩れ気味、色あせた着物には皺《しわ》が寄っている。全体的にだらしのない印象を受けた。

男は店の中を無遠慮に見回し、時折「ふうん」と声を出す。

「いらっしゃいませ。あ、あの、お客さんでしょうか」

炬燵《こたつ》から出て声をかけると、男はお鈴に目をやった。

「ああ、ここがやくざの親分がやってるってえ店かい」

「は、はい。そうです。みと屋という料理屋です。銀次郎さんは元やくざですけど、とてもいい人です」

「ふうん」

じろりと上から下まで見られ、なんだか嫌な目つきだ、と思った。

「で、その親分ってのはどこにいるんだい」

「すいません、今日は生憎《あいにく》出かけていて」

「ふうん、まあいいや。じゃあさ、とりあえず、飯食わせてくれよ。飯屋なんだろ」

「あ、はい。今ご用意しますので、そちらで少しお待ちください」

お鈴が慌てて厨房に向かおうとすると、「おい」と呼び止められた。

「まさか、飯を作るのはあんたなのかい」

「はい、そうですけど」

「ふうん、やくざの店で、料理を作るのは女ってかい。こりゃあいいや」

その口ぶりに、思わずむっとした。女が料理人なんて大丈夫なのかと心配されたことはあった。だが、この男からは馬鹿にされているように感じられたのだ。

「あの、女が料理を作ったら、いけないですか」

「おっと、すまねえ、すまねえ。そういうつもりじゃねえんだ、許してくれ」

男はへらへらしながら、わざとらしく拝むように両手を合わせた。

「実はわけがあって来たんだ。ここだけの話なんだけどよ」と声をひそめる。

「俺はさ、双紙書いてんだよ」

「双紙って、あの双紙ですか」

「いやあ、まいったまいった」

男は演技めいた調子で頭を掻いた。

「凄い、ええと、戯作者さんなんですね」

「まあ、そんなもんよ。それでちょいと面白そうな店の話を耳にしたんで、双紙の種にならないか来てみたって寸法さ」

「そうだったんですか。すみませんでした。今ご用意しますね」

双紙に取り上げられれば、みと屋も繁盛するかもしれない。これは腕によりをかけなければ。

お鈴はいそいそと飯の準備にかかった。

＊

「おまたせしました」

盆を男の前に置いた。今日は鰤《ぶり》の照り焼きだ。

鰤《ぶり》といえば冬だ。寒い時期の鰤《ぶり》は脂がのっていてとても美味しい。しかも鰤《ぶり》は捨てるところのない魚と言われ、色んな料理ができるのもいいところだ。明日は鰤大根《ぶりだいこん》にしようと考えている。

少しでも店の印象をよくしようと、品数を増やしてやろうかという考えが頭をよぎった。しかし、そんな下心を料理に出すのはよくないと思い直し、いつもどおりの内容で提供することにした。

男は「どれどれ」と箸を伸ばす。

魚の身を解《ほぐ》してぱくり、汁の碗をがぶり。

「ふうん、悪くないじゃねえか」

掻きこむように、飯を平げていく。

「うまいうまい。こりゃあいいや」

「お口に合って、よかったです」

いつの間にか男の足元にいたくろが、にゃあと鳴いた。

「お客さんが書いている双紙は、なんていう名前なんですか。あたし、双紙ってあまり読まないけど、貸本屋とかで読んでみます」

そう言うと、男はきまり悪そうな顔をした。

「ああ、まだ店に並んでるわけじゃねえんだ」

「そうなんですか」

「まあ、それはこれからってやつよ」

なるほど、とお鈴は事情を理解した。どうやらこの男は戯作者志望であって、既に本を出しているわけではなさそうだ。双紙に取り上げられるかもという興奮で、勝手に舞い上がっていた自分を反省する。

「でも、物語を作れるなんて、凄いです。あたしだったら、なんにも思いつかないし、なんて書いていいか分からないし。そうだ、お客さんはどんな双紙を書いてるんですか」

「そりゃあ、色々だよ」

「色々、ですか」

「作家ってのはさ、一つのものだけ書けばいいってもんじゃねえんだ。二冊、三冊と書いていかなきゃいけねえ。だからさ、こうやって見聞を広めて、色々書いてるんだよ」

したり顔だが、早口だし焦っているようにも見える。

「そうですよね。すみません」

「まあ、いつかあんたにも読ませてやるよ」

「ほんとですか、ぜひ」

男は「さて」と立ち上がった。

「食った食った。なかなか悪くなかったぜ。それじゃあな」

しごく自然に立ち去ろうとするので、お鈴は慌てて引き止めた。

「ちょ、ちょっと待ってください」

「あん?」

「お勘定をお忘れです」

男は心外とばかりに、顔をしかめた。

「あんたさあ、俺がなんでこの店に来たのか、話を聞いたよな」

「はい。双紙のため、ですか」

「ああそうだ。俺はただ飯を食いに来たんじゃねえ。もしかしたらあんたの料理が俺の双紙にも出てくるかもしれねえ。そうして貸本屋やらに並んだら、この店も大儲けだ。そんな俺からお代を取ろうって言うのかい」

「いや、でも。その」

こういう時はお代をもらわないほうが正しいのだろうか。江戸の町では当たり前のことで、お鈴が知らないだけなのだろうか。

「はあああ、困るんだよなあ。芸の道ってもんを分からない奴は。そういうのをな、野暮《やぼ》って言うんだよ」

「はい。ええと、でも」

芸の道のことは確かに分からないが、お鈴とて料理で生計《たつき》を立てている身である。ここでお代をもらわないのは納得がいかない。どうしたらいいやら迷っていると、看《かん》板障子《ばんしょうじ》が開いた。

「銀次郎さん！」

のそりとした姿に安堵の声が漏れた。お代のことは銀次郎に相談すればよいだろう。その前に取材とやらに協力せねば。

「お客さん、ちょうどよかったです。この人が銀次郎さんで、元やくざの親分です。さ、何でも聞いてください」

ところが男は「あ、ああ」と歯切れが悪い。

「銀次郎さん、このお客さんは双紙を書いてる方なんです。お店のことを色々聞きたいらしくて」

銀次郎は鼻を鳴らして、男を睨《にら》みつけた。

「双紙、だと」

厳つい容貌と、縊《くび》り殺されそうな眼光。

男は慌てて袂《たもと》から小銭を出して、お鈴の手に押し付けた。

「あ、あの」

「こ、これはお代だ」

「いえ、あの、お話は」

「ちょっと都合があってな、また次の折に頼むわ。それじゃ」

そう言い残して、逃げるように店から去っていった。

その背中を見ながら、「なんなんだ、あいつは」と銀次郎が呟く。

「さあ。どうしたんでしょうね」

あんなに双紙双紙と言っていたのに、どうしたことか。お鈴も首をひねった。

「そうだ、銀次郎さんおかえりなさい。今お茶を淹れますからね」

厨房に戻ろうとするお鈴を、銀次郎が「おい」と呼び止めた。

「はい」

振り向くと、銀次郎がお鈴の顔を見つめていた。

「おめえ、最近、何かあったか」

どきりとした。

このところの一件がどっと胸に押し寄せる。

おとっつあんからの手紙が届いたこと、病に倒れていること、薬代が足りないこと。

もうすべてを打ち明けて相談しようか。銀次郎ならきっと力になってくれるだろう。

でも、銀次郎や弥七には十分すぎるほど助けてもらった。それに今回は金も関わってくる。これ以上みと屋や銀次郎に迷惑はかけられないし、自分のおとっつあんのことだ。自分でなんとかするのが筋のはず。

しばしの迷いを振り切って、「何もないですよ」と作り笑顔を浮かべる。

銀次郎は寂しそうな顔で、「そうか」と答えたのみだった。

三

「ありがとうございました」

暖簾《のれん》をくぐって、口入れ屋を後にした。

食材の買い出しついでに、いい仕事がないか見にきたのだ。

昼はみと屋の仕事があるから、店を閉めた夕刻以降に働けるところ。できれば給金がいいところがないかと思ったが、そんな都合のいい働き口はもちろんなかった。

相変わらずお上《かみ》の締め付けが厳しい。贅沢《ぜいたく》の禁止などと言うが、そのおかげで働き口は減る一方だ。知り合いもいない町で、若い娘がなんとか暮らしていけるだけありがたいことなのだと骨身に染みる。

ふう、と空を見上げる。

そういえば半年ほど前にも、こうして口入れ屋を訪れたものだ。

あの時は行き倒れていたところを銀次郎に助けられ、なし崩しにみと屋で働き始めたものの、元やくざと殺し屋がいるような店から一日も早く逃げ出したくて、別の働き口を探しにきたのだった。

今ではすっかりみと屋とみんなが大好きだ。決してあの場所から出たいわけではない。けれども、みと屋の給金では薬代は賄《まかな》えない。

このままでいいのだろうか。どうしたらいいのだろうか。

お天道様《てんとうさま》が雲でかげり、身体を震わせた。

＊

暗くなってきた帰り道を歩く。

いつもは通らない道なので、軒《のき》を連ねている店が物珍しい。色んな店があるものだと、ついつい覗いてしまう。店じまいの準備を始めているところもちらほらあった。

と、近くの店から子どもが出てきた。偶然目が合う。

「あ、仁三郎さんじゃないですか」

「やあ、お鈴さん。お久しぶりです」

利発そうな顔立ちと、身なりのいい姿。銀次郎に弟子入りしようとした少年・仁三郎だった。手には風呂敷包みを提《さ》げている。

「お買い物ですか」

「いえ、そこの貸本屋で双紙を借りてきたんです」

仁三郎は風呂敷を軽く持ち上げてみせた。

「お鈴さんは、お店に戻るのですか」

「ええ。あたしはお店の買い物をしてきたところです」

「そうですか。では、途中まで一緒に帰りましょう」

「はい」

二人で並んで帰る。

仁三郎は道場で友達ができた話や、手習いで墨をこぼした話などを楽しそうにしてくれた。以前は顔が暗く、常に沈んで見えたが、今は活き活きとしている。どうやらすっかりいじめっ子とは縁が切れて、楽しい日々を送っているようだ。

本当によかった、とお鈴は心の中で微笑んだ。

「そういえば、双紙を書いてるという人が、お店に来たんです」

仁三郎と話しているうちに、先日の客のことを思い出した。

「へえ、凄いですね。本を出している人なんですか」

「いいえ、それはまだみたいです。なんだか色んなものを書いているそうです」

「なるほど。でも、たしかに、親分や弥七さんは物語の種になりそうですね」

「ええ、ほんとに」

二人でくすくす笑う。

「戯作者さんって、どうやったらなれるんですか」

「ううん、そうですね」

仁三郎は腕組みをした。

「もちろん、最初に物語を書かねばなりません。それができたら版元に持ち込んで読んでもらい、売り物になると判じられたら、本として出すことができます。それでやっと戯作者と名乗れるでしょう」

「大変なんですねえ」

「ええ。まず物語を書きあげるのが大変です。頭の中で人を生み出し、動かし、それを筆一本で面白く伝えねばなりませんからね。戯作者とは凄い仕事です。それに、版元に認めてもらうのも一苦労です。戯作者志望の者などたくさんいますからね。いきなり持ち込んでも簡単に読んでもらえませんし、何より面白いと思ってもらわないといけません。本を出せる者などほんの一握りだからこそ、世に出ている双紙はとても面白いのですよ」

仁三郎は風呂敷包みを見ながら、熱のこもった口調で語った。あの中には、とても面白い本が収められているに違いない。

お鈴は料理のことしか知らないから、双紙のことや戯作者のことはさっぱりだ。ただ、きっと想像もつかないほど大変で凄い仕事なのだろう。

「仁三郎さんは、戯作者になりたいと考えたことはないんですか」

尋ねてみると、仁三郎は空を見上げて「うーん」と唸った。

「たしかに憧れはしますが、戯作者になりたいと思ったことはないんですよ」

「そうなんですか」

「ええ、私は双紙の世界に浸《ひた》るのが好きなのであって、それを作りたいという気持ちはあまりないのです」

「ご飯を食べるのが好きな人が、みんな料理人になりたいわけじゃないですもんね」

「そういうことです」

仁三郎は笑い、そしてぽつりと零《こぼ》した。

「それに、仮に戯作者になりたいと願っても、私は武士の家を継がなければいけませんから」

同じようなことを言っていた新之助の顔を、ふと思い出した。

四

今日も銀次郎と弥七は出かけていて、みと屋にはお鈴ひとりだ。

ぬか床の手入れを終えて一息ついていると、くろの鳴き声が聞こえた。入口に向かって、二度、三度と鳴いている。

すると、看板障子《かんばんしょうじ》が開いた。

暖簾《のれん》から顔を覗かせたのは、例の双紙を書いているという男。店の中まで入らず、そろそろと見回している。

「いらっしゃいませ。今日も双紙の種探しですか」

お鈴が声をかけると、男は安堵の表情を浮かべた。

「ああ、あんたか。まあ、そんなところだ。今日はあの親分はいないのかい」

「ええ、生憎《あいにく》今日もお出かけなんです」

「そうかそうか、いやあ、そりゃあしょうがねえや」

まいったまいったと頭を掻きながら、なぜか安心した顔で店に入ってくる。

「今日こそやくざの親分の話を聞こうと思ったのになあ。いやあ、残念だ」

そう言い、男は床几《しょうぎ》に腰を下ろした。

「あの、ご飯はどうしましょうか」

男は「ああ……」と視線をさまよわせて、「いや、今日はいらねえ」とかぶりを振った。

「茶でいいや」

「はあ」

料理屋で料理も頼まずに茶を求めてくるとは、戯作者とやらはそんなに偉いのかと腹が立ったが、仕方なしに茶を淹《い》れて持ってきてやる。茶葉がもったいないので、いつもより薄めだ。

「銀次郎さんはいつ帰ってくるか分かりませんけど」

「わかってねえなあ。こういうのは話を聞くだけじゃあねえんだ。こう、その場の空気とかそういうものを感じるのも大事なのよ」

「あの、お客さんはみと屋を舞台に何か書かれるんですか」

「さあ、そりゃあ分からねえな。まだ、降りてこねえからな」

「降りてくる、ですか？」

お鈴はきょとんとした。

「こうして、色んなものを見聞きしてな、物語の種を掻き集めるわけよ。それがな、やがて頭のなかでわーっと形になるわけだ。まあ、そうした俺の才ってやつはなかなか素人《しろうと》には分からねえだろうけどな」

いちいち嫌みたらしい言い方が鼻につく。

「だから、色んな種を集めて降りてこねえと、何を書くかなんてまだ分からねえんだよ。そうだ、おまえさん、なんか面白い話ねえかい」

「面白い話、ですか」

そんなことを急に問われても困る。とはいえ頭を悩ませていると、加代から聞いた話を思い出した。

「そういえば、幻の屋台があるらしいです。抜群に美味しい蕎麦の屋台で、目印は鈴。

毎日場所を変えるから再び食べようとしても見つからなくて、どこに店を構えているかもその日次第。それで幻と言われてるそうです」

「ふうん、幻の屋台ねえ」

男はつまらなそうに顎に手をやった。

「悪かあねえけど、蕎麦の話かあ」

面白い話はないかと言うから話してやったのではないか。

「ああ、話の種はないもんかなあ」

男がそうぼやいていると、看板障子《かんばんしょうじ》がからりと開いた。

「ただいま」と顔を出したのは弥七だった。

「弥七さん、おかえりなさい」

「あら、お客さん？」

「あ、この人は双紙を書いていて、みと屋の話を聞きに来てるんです」

女形《おんながた》のような弥七に訝《いぶか》しげな男。殺し屋であることは伏せて弥七について説明してやると、男は「おもしれえじゃねえか」と目を輝かせた。

「元やくざの親分が営《いとな》む料理屋に、女形《おんながた》のような二枚目のいい男。こりゃあいいや、話の種になりそうだぜ」

「へえ、あんた戯作者なんだ。凄いじゃない。ね、名前はなんていうの」

「又二《またじ》ってんだよ」

「へえ、又二さんね。それで、なんて本書いてるのさ」

弥七の言葉に、又二は「ま、まだ本は出てねえんだ」ときまり悪そうにする。

「なんだ、そうなんだ。じゃあ仕事は何やってんのさ」

「棒手振《ぼてふ》りだよ」

声を落としてぶっきらぼうに言った。

「それなら、こんな時間に油売っていいのかい。仕事の最中だろ」

「う、うるせえ。今日は気分が乗らねえんだ」

「あら、だめよ。書き物も忙しいだろうけど、本業を大事にしなくちゃあ。特に棒手《ぼて》振《ふ》りなんて毎日常連さんに顔出してなんぼじゃないのよ」

「うるせえ、あんなつまらねえ仕事しても仕方ねえじゃねえか。それより双紙を書く方がうんと大事ってもんよ」

「ふうん、まあいいけどねえ」と弥七は呆れた顔をした。

「で、どんなもんを書いてるんだい」

「そりゃあ、色々だよ」

「色々って、例えばどんなもんだい」

「うるせえな。作家ってのは色んな種類のもんを書けなきゃ意味ねえんだ。だから、色々だって言ってんだろ」

「ははあん」

弥七はにやりとした。

「あんた、本当は双紙を書いたことないんだろ」

「えっ、そうなんですか」

あれだけ話の種だの降りてくるだのと偉そうに言っていたので、てっきり何作も書いているのだと思っていた。

「そ、そんなことねえよ」

言葉とは裏腹に、又二は明らかに動揺している。どうやら図星のようだ。

「書いたことないのに、戯作者なんて名乗っちゃだめよ。ほら、うちのお鈴ちゃんみたいなのが簡単に信じちゃうんだから」

「うるせえ、俺の才を知らねえくせに、偉そうなことぬかすんじゃねえ」

「あんたさあ、なんでそんなに戯作者になりたいの」

「戯作者ってやつは凄いじゃねえか。棒手振《ぼてふ》りなんて毎日草鞋《わらじ》が擦り切れるまで歩き回ったって、稼ぎなんて豆粒ほどさ。その日を暮らしていくのがやっとの金よ。それが戯作者となれば、涼しい部屋ん中で仕事ができる。汗もかかずに墨と紙さえありゃあ稼げるんだ。人気になれば吉原《よしわら》にだって繰り出せる。夢のある仕事じゃねえか」

「あんたねえ」と弥七が含めるように言う。

「戯作者ってそんなに甘い仕事じゃないわよ。あんたの言ってることは逃げよ、逃げ」

「うるせえ、お前みたいな優男《やさおとこ》に何が分かるんでえ」

どう仲裁したらいいものか。お鈴がおろおろしていると、がらりと障子が開き、銀次郎が戻ってきた。

「おう、客かい」

じろりと目を向ける銀次郎。

その視線にすくみ上がった又二は、「それじゃあ」と立ち上がり、そそくさと去っていった。

「もう、逃げ足だけは早いんだから」と弥七は笑い声を上げたのだった。

五

かぶりついた団子はびっくりするほどコシがあり、歯が押し戻されてしまいそうだ。けれどただ硬いだけでなく、団子自体の旨味《うまみ》がじわりと伝わってくる。それに上にかけられていた餡《あん》が甘じょっぱくて絶品だ。甘さがくどくないから、きっと上質な砂糖を使っているのだろう。口いっぱいに団子を頬張りながら、しっかり噛みしめて味わう。

「ここの団子、口が疲れちゃうけどそのぶん美味しいでしょう」

笑う弥七に、お鈴は団子を口に入れたまま頷いた。


お鈴と弥七がいるのは、町の外れにある団子屋だ。

変哲のない茶店で、特別高級だとか洒落《しゃれ》ているだとかではない。年老いたお爺さんと娘さんの二人で回している小さな店で、なんならお爺さんの愛想は悪い。けれども抜群に団子が旨《うま》い。

お鈴はここに、一度だけ来たことがある。

銀次郎に助けられてみと屋で働けと言われたものの、こんな怪しい店で大丈夫なのか、岡場所に叩き売られたりしないだろうか。そんな不安が頭に渦巻いていた時、弥七が連れて来てくれたのだった。

あれから弥七には色んな茶店に連れて行ってもらったが、この店を再び訪れたことはなかった。それが突然、「お鈴ちゃん、団子食いに行きましょう」と連れてこられたのだった。

何か知っているのだろうか。おとっつあんの手紙について気づいているのだろうか。横目で窺《うかが》っても、弥七はいつもどおり微笑みながら、団子を食べるのみだった。

「そういえばねえ、こないだ店に来ていた、又二っていう戯作者になりたい男がいたでしょう。あいつについて調べてきたのよ」

弥七は茶をひと啜《すす》りした。

「仕事は棒手振《ぼてふ》り。売り物は魚だそうよ」

お鈴は「あ」と目を丸くした。

「あのお客さんが来た時に、くろがよく鳴くと思ったんです」

「魚の匂いに反応してたのね、きっと」

二人でくすくすと笑った。

「もともと中途半端な男で、大工をやると言ってはすぐに辞め、職人になると言ってはすぐに辞め、長屋でごろごろしているのを大家さんが見かねて知り合いの親方に相談して、棒手振《ぼてふ》りの仕事につかせたみたい。でも身が入ってなくて、すぐに仕事をほったらかして逃げ出してるんだって」

「双紙を書いてるって話はどうなんですか」

「どうかしらね。今はそればっかり言ってるみたいだけど、またすぐに飽きるんじゃないかしら」

双紙について語っていた又二の顔を思い出す。あの口ぶりは心からのものだと信じたいが、お鈴には分からない。

「まあねえ。飽きっぽくて仕事を投げ出すのはよくないけど、なりたいものややりたいものなんて、分かりゃあしないわよねえ」

「そんなものなんでしょうか」

「そりゃそうよ。みんなそれらしく働いてるけどさ、だいたい親がやってた仕事を継いでるのよ。武士はもちろん商人や町人だってそう。札差《ふださし》や問屋の主なんて大きな顔してるけどさ、産まれた先が大店《おおだな》だってだけよ。それに、誰もがやりたいことを仕事にできるわけでもないしね」

これまで自分のやりたいことは料理だと思っていた。だけどそれは、おとっつあんの仕事を継いでいるだけではないのか。本当に自分は料理が好きなんだろうか。そんな思いが頭をよぎる。

「でも、お鈴ちゃんはやっぱり料理がやりたいんでしょう」

「そう、だと思います」

つい、歯切れの悪い返事になってしまった。

「やりたいことを、ちゃんと頑張ってるのは、本当に偉いことよ」

弥七の温かな眼差しが、自分の心の迷いを苛める。

ごまかすように、「弥七さんは何かやりたいことがありましたか」と尋ねた。

弥七は「そうねえ」と目を細めた。

「こんななりしてるとおり、役者にはなりたかったわね」

「どうして、役者にならなかったんですか」

「そうね、ならなかったとも言えるし、なれなかったとも言えるわね」

口ぶりからは、それ以上踏み込ませないものを感じさせた。役者になりたかったと言う弥七が、どうして役者にならずに殺し屋になんてなったのか。そして銀次郎とともに変てこな料理屋をやっているのか。そこには、複雑な道のりがあったのだろう。

「色々あったし、結局あたしに向いてたのは扇子よりも匕首《あいくち》だったわけだから、人生なんてどうなるか分かりゃあしないもんよ」

あははと笑う弥七だが、笑っていいのか大変困る。

「でもね、役者には本気でなりたかったのよ」

何かを懐かしむように、そして寂しそうに目を細めた。

「さあて、団子でお腹いっぱいになったし、そろそろ帰りましょうか」

弥七が立ち上がり、ううんと伸びをする。

「はい」とお鈴も立ち上がった。

「あ、そうだ、お鈴ちゃん」

弥七が振り向いた。

「遠慮しないで。何かあったら、いつでも相談していいんだからね」

顔はにっこり笑って、でもその目の奥には心配の色がある。

様子がおかしいお鈴のことを気遣ってくれているのがよく分かる。今日の団子も、お鈴の気分転換がてら誘ってくれたのだろう。きっとこの店は、弥七のとっておきの場所なのだ。

銀次郎や弥七に心配をかけているのが申し訳なく、そして二人の優しさに涙がこぼれそうになる。

ぽろりと出そうな涙を堪えて、お鈴は小さく「はい」と言った。

六

ある日のこと。

町からの帰り道で、見慣れた顔を見つけた。

店に来ていた戯作者志望の又二である。鉢巻きに尻はしょり姿で、肩に担《さ》いだ天秤棒の両端には木桶が提げられている。

今日はすっかり棒手振《ぼてふ》り姿だ。しかし傍《はた》から見ていてどうにも覇気がない。けだるそうに呼びかけているだけで、魚を売ろうという気概がまったく感じられなかった、あれではどんなに活きのいい魚でも、美味しくなさそうだ。

やれやれと思っていると、又二と目が合った。

「おっ、あんたはみと屋の料理人じゃねえか」

「あ、こんにちは」

「ちょうどいいや。見知った顔に会ったってことは、もう仕事じまいってことだ。いやあ、今日もよく働いた働いた」

鉢巻きを解こうとする又二の桶には、まだ魚が残っている。

「あの、まだ売り物が残ってますけど」

「かまやしねえんだよ。どうせ残ったら長屋の連中に安く分けてやりゃいいのさ。そうだ、それよりさ、あんた時間はあるのかい。ちょっとあの親分について聞かせてくれよ」

そう言われ、半ば強引に近くの河原に連れていかれた。

河原は広々としており、人気《ひとけ》がない。夏場は水遊びする子ども達でいっぱいになるが、さすがに冬ともなると遊んでいる者は誰もいない。というか、陽はあるとはいえ寒い。

又二は大きな石に腰を下ろした。

「まあ、あんたも座んな」と言われても、あたり一面石だらけだ。お鈴もしぶしぶ大きな石にちょこんと腰をかけた。

「そういえば、あの店の詳しい話をまだ聞いてなかったからよ。なんだってあの親分は、料理屋なんてもんを始めたんだい」

もともと人情深いやくざだったが、料理に心を救われて、自分もそうした飯を提供してやろうと思って店を始めた——という経緯を、話して問題のなさそうな範囲で説明してやる。

「へえ、それが本当なら、なかなかいい話じゃねえか。でもよ、あの親分ってのは、そもそも本当にやくざの親分なのかい。そりゃあずいぶんおっかねえ面してるけどよ」

「あたしもちゃんとは知りませんけど、どうやらそうみたいです」

「いやあ、こわいなあ」

「よかったら、銀次郎さんに話を聞かせてもらえるよう頼んでおきましょうか」

又二は顔の前で大きく手を振った。

「いやあ、ありゃあおっかなすぎていけねえや」

それもそうだと思い、正直な又二に苦笑した。

それにしても、仕事を放りだすのは良くないが、こうして話の種になりそうなものを集めようとする情熱は大したものだと思う。

「又二さんは、そんなに戯作者になりたいんですか」

又二はにやりとした。

「おまえさん、双紙は読んだことあるかい」

「いえ、ほとんど読んだことないです」

「ありゃあな、ぶったまげるぜ。八犬伝なんて読んでみろよ、こんなつまらねえ世の中を忘れて、あっという間に別のところに飛んでいけるんだ。俺はうだつの上がらねえ貧乏な町人で、住んでるのは壁がぺらっぺらの長屋だけどよ、双紙を読んでる間だけは、侍にもなれるし殿様にもなれる。城の中にだって住める」

又二は熱のこもった口調で語った。

「はじめは暇つぶしのつもりで読んだんだけどよ、そん時に心がごうと燃え上がったんだ。人様の心をこんなに燃やせるってのは大したもんだぜ。それも芝居みたいに金をかけてるわけじゃねえ。真っ黒な墨の文字しかねえのに燃えるんだ。だからさ、そんなすげえもんを俺も書いてみたいって思っちまったわけよ」

中途半端な男だと思っていたがゆえに、少し驚いた。その言葉にはまっすぐな想いが詰まっていたからだ。

「又二さん、本当に双紙がお好きなんですね」

又二は照れた顔をして、「まあな」と頭を掻いた。

「それくらいしか好きになれたもんもねえしな」

七

「寒いですねえ」

「もうほんと寒いわあ。こんなんじゃ、ただでさえ来ない客が、もっと来なくなるわよ」

ここのところぐっと気温が下がった。いよいよ本物の冬が来た様相だ。びゅうと吹き付ける北風は頬をちくちく刺してくる。往来を歩く人の姿も減っているようだし、みと屋の面々も炬燵《こたつ》に入って暖を取っていたのだった。

炬燵《こたつ》がもぞもぞと動き、中からくろが這い出してきた。

「あら、どうしたのかしら。最近ずっとこの中で丸くなってるのに」

くろは店の入り口のほうを見つめ、にゃあと鳴いた。

その鳴き声と同時に、看板障子《かんばんしょうじ》が引き開けられた。

入ってきたのは又二である。「おう、客かい」という銀次郎の声に一瞬ひるんだが、気にせず暖簾《のれん》をくぐった。

いつもは銀次郎に怯《おび》えて帰っていくので、今日は珍しい。と思ったら少し様子が変だ。

目が据わっていて、顔も赤い。足取りもおぼつかない。まだお天道様が昇っている刻だが、どうやら昼間から酒を飲んでいるようだ。

千鳥足で歩いて、床几《しょうぎ》に荒々しく腰かけた。そのまま微動だにしない。

お鈴は炬燵《こたつ》から出て、又二に近寄った。

「大丈夫ですか。お水でも持ってきましょうか」

「水はいらねえ。酒を持ってきてくんな」

そう言われても酒などないし、出せない。助けを求めると、銀次郎が一喝した。

「ここは居酒屋じゃねえ。酒が飲みてえならとっとと帰れ」

すると又二は泣きそうな顔で、「酒、酒をくれよう」と呻《うめ》いた。

「お鈴ちゃん、いいからこいつに水を持ってきてやんな。ちょっとあんた、こんな真昼間から酔っぱらっちゃって、何があったのよ」

水を汲《く》んでくると、又二はそれを一息に飲み干して酒臭い息を吐いた。

「あのくそ親方が悪いんでえ」

ぶつぶつ呟いていたが、やがて訥々《とつとつ》と語り始めた。

又二の話によると、棒手振《ぼてふ》りの親方にこっぴどく叱られたらしい。もとより身が入らぬ仕事ぶりで、売り物をほったらかして途中でさぼったりするのは日常茶飯事。そんな中でこっそり茶店で茶を飲んでいたところを運悪く見つけられた。今日という今日は許さん、いい加減な仕事をするんじゃないとひどく怒られ、耐えかねて逃げ出してきた。途中で酒を買って河原で飲み、そのままふらりとみと屋にやって来たそうだ。

「あの親方はなんにも分かってねえんだ。俺は別にさぼってるわけじゃねえ。物語が降りてきそうだったから、その種を拾おうとしていただけなんだ。その一瞬を掴まなきゃあ、面白い話ってのは作れねえ。あの親方はそういう高尚なことをこれっぽちも分かっちゃいねえんだ」

又二は湯飲みを抱えたまま、吐き捨てるように言った。

「そうだ、俺は決めたぞ」と膝を叩く。

「俺は決めた。棒手振《ぼてふ》りなんてつまらねえ仕事はもうやらねえ。もともと性に合っていなかったんだ。俺は戯作者として生きていく。そうだ、はじめっからそうすりゃあよかったんでえ」

じとっとした目で眺めていた弥七が、口を挟んだ。

「戯作者になるのはいいけどさあ、あんた書いたもんはあるのかい」

「そ、そりゃあ、これから書きゃあいいじゃねえか」

「そう言って書き上げられてないんでしょう」

弥七の厳しい言葉に、又二は子どもみたいに口を尖らせて黙り込んだ。

お鈴が声をかけようとした時、銀次郎から低い声が飛んだ。

「おめえ、ここが何の店か知ってるのか」

又二が顔を上げた。

「そりゃ、飯屋だろ」

「そうだ。だから、飯、食ってけ」

＊

お鈴は柄にもなく、少々腹が立っていた。

戯作者という仕事のことはよくわからない。きっと想像もつかないほど大変で高尚な仕事なのだろう。だからといって、棒手振《ぼてふ》りよりも偉い仕事なのだろうか。お鈴にとっては棒手振《ぼてふ》りだって凄い仕事だ。棒手振《ぼてふ》りがいなければ町の人達は食べ物を買えないし、料理人達が美味しい料理を作れるのは、信頼のおける棒手振《ぼてふ》りの目利きあってこそだ。おとっつあんは馴染《なじみ》の棒手振《ぼてふ》りからしか魚や青菜を購《あがな》わなかったものだ。

ぷりぷりしながら、豆腐を手に取る。

又二の姿を見て思い浮かんでいた料理が一つあったのだ。銀次郎に飯を頼まれる前から、これを作ってやろうと思っていた。

豆腐の水気をよく切り、葛粉を加える。それを鉢に入れて、すりこぎでよくする。とろりときめ細やかになったところで手を止め、隣の鍋から取り出したのは人参だ。芯に串が通るまで柔らかく煮た人参の周りに、先ほどすった豆腐を塗る。薄く塗るのではなくしっかりと。

二回りくらい大きく白くなった人参を竹の皮で包んで、再び茹《ゆ》でる。下茹《したゆ》でしているから、じっくり茹《ゆ》でる必要はない。

頃合いを見て湯から取り出し、竹の皮を広げると、柔らかな白い湯気が立ち上った。

そこにすぱりと包丁を入れ、断面を確かめてお鈴は微笑んだ。

＊

「お待たせしました」

又二の前に皿を置く。

酔いのせいかうとうとしていた又二は、お鈴の声で我に帰った。

「おっといけねえや。ん、なんだいこりゃあ。おいおい、ずいぶんなご馳走《ちそう》を用意してくれたじゃねえか」

弥七が皿を覗いて「まあお鈴ちゃん」と高い声を出した。

「こんな奴に卵なんてもったいないわよ。ちょっと何考えてるの」

皿の上に並べられた食べ物、それは輪切りにされた平べったいものだった。外側は白く、中は黄色い。見るからに卵を茹でて切ったものだ。

「卵なんてご馳走《ちそう》、とんと食ってねえや」

又二は箸も使わずに、皿に載っていたものを指でつまんで口に放り込んだ。はじめは嬉しそうにもぐもぐやっていたが、次第に奇妙な表情を浮かべ始めた。噛むにつれて首をひねり、眉根を寄せる。ふいに床几《しょうぎ》を激しく叩いた。

「おいてめえ、騙《だま》しやがったな。これは卵じゃねえ！」

お鈴は涼しい顔で頷いた。

「はい。これは卵ではありません。でも、あたしは卵料理だなんて言った覚えもありません」

又二は言葉を詰まらせた。

「その料理は鶏卵様《たまごとうふ》という豆腐百珍《とうふひゃくちん》に載っている料理です。白いところは豆腐で、黄身のところは人参を煮たもので、卵そっくりに見える料理なんです」

「あんたの言いたいことは分かってらあ。俺のことを偽物だって馬鹿にしたいんだろう。卵に見せかけた豆腐みたいな奴だって、そう言いたいんだろう」

食ってかかる又二に、お鈴は静かに問いかけた。

「この料理、味はどうでしたか」

「ま、まずくはねえけどよ」

「あたしはまだ料理人の端くれですし、料理人だと名乗れるほどのものでもありません。でもそれでもいいと思っています。有名な料理人として認められることよりも、このみと屋で、自分が作った飯を美味しいと思ってもらうことが、あたしの願いだからです」

又二は怒り顔と泣き顔が混じったような奇妙な表情で料理を眺めている。

「偉そうなことが言えるわけじゃありません。でも、どんな仕事も同じじゃないでしょうか。どう見えるかとかどう呼ばれるかとかじゃなくて、その中身が大切だと思うんです」

又二が何かを言おうとした時、弥七がひょいと手を伸ばして、皿に残っていた鶏卵様をつまんでぱくりと食べた。

「あら凄い、本当ね。こんなに卵そっくりなのに卵じゃないわ。なんだか優しい味ねえ」

弥七は口を動かしながら、又二に顔を向けた。

「お鈴ちゃんの料理、美味しいでしょう」

又二は口ごもった。

「お鈴ちゃんはね、小さいころからおとっつあんの手伝いをしていただけじゃなくて、今でも朝から晩まで料理のことを考えて、ずっと包丁の練習したり、煮加減を調べたりしてるの」

確かに料理の修業は毎日欠かさず行っていた。だが、銀次郎も弥七もいない早朝や夜にこっそりやっていたのだ。どうして弥七が気づいていたのだろう。恥ずかしくて顔が赤くなる。

「仕事も人もそうよ。何になろうが何をやろうが、いちばん大事なのは見た目じゃなくて味じゃないかしら。それで、味をよくするには、ただひたすらに頑張るしかないのよ、きっと」

又二は皿に残った鶏卵様に顔を寄せて、じっと見つめた。

「分かってんだよ」

両手を握りしめて、呟いた。

「そんなことは自分が一番よく分かってんだよ。でも、何やってもやる気がおきねえんだよ」

「でも、双紙は好きなんでしょう」

「そうさ、好きだ。でもよう、こんな俺に才なんてあるのか。もし書いたもんが面白くなかったらどうすりゃいいんだ。そん時には、もう俺には何にもないことが分かっちまうんだぞ」

目に涙を溜めて、又二は言葉を吐き出す。

ああ、そうか、と思った。

又二は、自分の才能に向き合うのが怖かったのだ。

双紙を書いてしまったら、自分の才能が分かってしまう。もしも面白くないものしか書けなかったら、読んでくれた人につまらないと言われたら。その可能性に押しつぶされるのが怖いのだ。だからずっと虚勢を張ることしかできなかったのだ。

鋭い音がした。

銀次郎が煙管《キセル》を火鉢に打ち付けたのだ。

「おい、おめえ」

「は、はい」

眼光鋭く睨《にら》まれ、又二は背筋を伸ばして居住まいをただす。

「おめえは、いったい何がやりてえんだ」

胸の内まで見透かされそうなまなざし。

又二は目を伏せた。何かを考え込んでいるようだ。

その様子を見ながら、お鈴も思う。自分自身は何がやりたいんだろう。

自分には料理しかない。でも、それはおとっつあんの店を手伝ううちにそう思っただけではないか。いや、もしかしたら、かつての自分はそうだったのかもしれない。なんとなく店を手伝い、おとっつあんへの憧れもあって、なんとなく料理をやりたいと思っていた。

でも、今は違う。みと屋の客は少ないけれど、自分の料理を食べた人が美味しいと言ってくれるのは本当に嬉しい。もっともっと、たくさんの人に料理を食べてほしいし、嫌なことや悩みがあっても、誰かの道が開けるような飯を、自分の手で提供したい。みと屋でこうして料理を作ってきた今だから自信を持って言える。

——このみと屋で、自分が作った飯を美味しいと思ってもらうことが、あたしの願いだからです。

さっき無意識に口にした言葉。それが、自分のやりたいことだったんだ。

すとんと腑に落ちた気がした。

銀次郎は射るような目で又二を見ている。

やがて又二は顎を上げ、銀次郎を見据えた。

「お、俺は、物語を書きたい。戯作者という名前に憧れてたのは確かにそうだ。自分は何やっても長続きしねえ質《たち》だし、中途半端なこともよく分かってる。自分に才がないと知るのが嫌でずっと逃げてたことも分かってる。でも、双紙が好きなのは本当なんだ」

河原で嬉しそうにその魅力を語っていたことを思い出す。

「あんなすげえもんを、誰かの心をわくわくさせられるもんを、俺は書きたい。そんな才なんてないのかもしれねえけど、書きたいことは本当なんだ」

「それなら、書け」

銀次郎は静かに言った。

「とにかく書け。才があるとかないとかはそれからだし、才がなければ、才が身に付くまで書けばいい」

又二はこくりと頷いた。

「一番大事なことを教えてやろうか」

「お、お願いします」

「止めずに、続けることだ。あきらめの悪い奴が一番すげえ奴だ」

又二は首を垂れ、自分で自分の膝を殴りつけた。

「親方が言ってたことは、そういうことだったんだな。俺は、俺は、なんにも分からねえで親方にひどいこと言って飛び出してきちまった。本当に大ばかやろうだ」

ばかやろう、ばかやろうと繰り返す又二に、銀次郎は「ばかやろう」と雷を落とした。

「あきらめの悪いことが肝心だって言っただろうが」

呆《ほう》ける又二に、弥七が優しく「あんた次第で、まだ間に合うってことよ」と諭《さと》した。

「後な、ちゃんと棒手振《ぼてふ》りの仕事もやれ。双紙ってのはな、人の人生を落とし込むもんだ。手元の仕事をちゃんと汗水たらしてやれねえ奴が、人の気持ちなんて分かるはずがねえ」

銀次郎は煙管《キセル》に火を入れ、煙を吹きつつ「それにな」と続けた。

「おめえが思ってるほど、戯作者ってやつは稼げねえ。だいたいの戯作者ってのはな、仕事しながらでなきゃ、おまんま食っていけねえんだ」

銀次郎の話にしんみりし、自分のことも重ね合わせて考えていただけに、急に現実的な話が降ってきて、お鈴は肩の力が抜けた。

「もう、親分ったら。そんな生々しい話、今ここでしなくてもいいでしょう」

弥七が銀次郎の背中を叩き、銀次郎は「うるせえ、ばかやろう」と叩き返した。

「こういうのはな、むやみに夢を見るからよくねえんだ」

「そうなんだけど、流れとか空気ってもんがあるでしょう」

「うるせえ」

そんな喧騒をよそに、又二は地面に膝をついた。

「面目ねえ」

全員動きを止め、又二を見やる。

「親分さんやあんた達に言われて、俺は目が覚めた。俺は今まで何をやっても途中でほっぽりだして、才に向き合うのが怖くて双紙も書かなくて。ただ戯作者という名前に憧れて、そんな自分を見てみぬふりしてきた。もうそんな甘えたことはしねえ。まずは親方に詫《わ》びを入れて、ちゃんと仕事もする。そして、今度こそ双紙を書く」

銀次郎が「ふん」と鼻を鳴らした。

「ちっとはましな顔つきになったじゃねえか」

又二はお鈴にも頭を下げた。

「あんたにも迷惑ばかりかけて、すまなかったな」

「いいんです。双紙、楽しみにしてます」

「ああ、絶対書き上げて、あんたにも恩を返すさ」

炬燵《こたつ》の上で丸まっていたくろが大きく伸びをして、なーおと一鳴きした。

八

「あーあ。けっこう面白かったのにね」

「本当ですね。あたし、双紙がこんなに面白いだなんて知りませんでした」

「それじゃあ新之助さんに何か双紙を貸してもらうといいわよ、きっと喜ぶから。それにしても、これが本になってたらみと屋も繁盛してたのにねえ。残念だわあ」

弥七がしみじみ言い、銀次郎は「ふん」と鼻を鳴らした。


又二は宣言通り、双紙を書き上げた。

寝ずの勢いで一気に書いたというその物語は、やくざの親分が開いた料理屋とそこに来る客の話だ。

へろへろになった又二が「はじめての読者になってくれ」と紙束を持ってきた時は一同たまげたものだが、笑いあり涙ありで存外よく出来ており、はじめて双紙を読んだお鈴も夢中になってしまったほどだ。双紙好きの新之助にも読ませたところ太鼓判を押してくれたので、新之助が懇意《こんい》にしている版元に読んでもらうことにしたのだ。

結果は見事に没。

意外にも双紙自体は高評価だったらしい。粗削りな上、勢いに任せて書いているところがあるが、登場人物が魅力的だし、設定も奇抜で面白い。新人にしては可能性を感じる。

なかなかの評判にもかかわらず、なぜ本にならなかったのか。

それは、銀次郎のせいだ。

元やくざの親分が開いている料理屋が実在することを知った版元が、事件に巻き込まれることを恐れて出版を取りやめたらしい。

なんとも残念なことだが、みと屋を訪れた又二は、すがすがしい顔で「また次を書けばいいんでさあ」と言った。

どうやら一作書けたことで自分に自信がついたようだ。

「あの話は、たしかに親分さん達からの借りものなんでね。次は自分だけの物語を書いてやりまさあ。あんたに教えてもらった幻の蕎麦屋でも捜してみるかなあ」

そう言う又二の顔は、ずいぶん輝いて見えた。

棒手振り《ぼてふ》りの仕事も親方に両手をついて詫びて、再開しているらしい。いつまで続くか分からないが、今のところ性根を入れ替えて朝からしっかり売り歩いているのだそうだ。そうして夕方から執筆活動にあてているのだと。

「次はあたしを主人公にしてもらいたいわねえ。元殺し屋のいい男なんて面白い話になりそうじゃない」

「けっ、誰が読むんだ、ばかやろう」

「なによ、没になった人に言われたくないわよ」

「うるせえ、ばかやろう」

言い合いを続ける二人に気づかれないように、お鈴はみと屋の外に出た。

冷たい風が吹き付けて、身を縮める。

あたりに目を配ると、柳の木の先に人影を見つけた。

そこにいたのは、以前にお鈴が金を渡した平太だった。次に来るのは今日だと聞いていたので、手紙を受け取りに出てきたのだ。

ここのところ、おとっつあんとの手紙のやり取りには平太が訪れる。おとっつあんが信頼している人だそうだが、何をやっている男なのかはよく分からない。素性について尋ねても、煙に巻くような答えを返すだけだ。

平太はお鈴に気づいて、軽く手を上げた。

「すいません、お待たせしましたか」

「いえいえ、今来たとこですよ」

預かってきましたよ、と手渡された手紙を胸に抱いて、お鈴は尋ねた。

「あの、おとっつあんの具合はどうですか。よくなりましたか」

平太は渋い顔をした。

「いい、とはあまり言えないですねえ。寒くなってますし、早めに薬を都合しないと」

「そんな。あの、必ずお金は用意します。なんとか、薬を都合してもらえないでしょうか」

「そう言われましても、私は文を届けてるだけなのでねえ」

「必ず、必ずなんとかしますから」

懇願《こんがん》するお鈴に、平太は笑いかけた。

「そうだ。そういうことなら、前に話した件、考えてもらうのはどうですかねえ」

「前の件、ですか」

「ええ、給金がとてもいい別の場所で働くって話ですよ」

急に、強い風が吹きつけた。

柳の木が頭の上で、ざわりと震えた。

第五話　あったか年越し蕎麦

一

——今の給金はどれくらいです？　ああ、それなら倍はもらえますよ。

——おとっつあんのために、一刻も早く薬を用意しないといけないんでしょう。その店の主って人ができたお方でねえ。あんたの事情を聞いて、薬代を立て替えてやろうって言うんですよ。

——その店ですか。ここと同じ、飯屋ですよ。

——そりゃあ、今の店に未練もあるでしょうが、こんなにいい話、めったにないですよ。

——なに、おとっつあんに会わせてくれ、ですって？　会えない事情があることは、あんたが一番よく知ってるでしょうに。

——ここだけの話、おとっつあんの容体もさ、あんまりよくないんですよ。今すぐ金を用意しないとねえ。

いね。

——また三日後に来ますよ。心が決まったら、この証文を用意しておいてくださ
「お鈴ちゃん、お鈴ちゃん」

加代の声に、現実に引き戻された。柱にもたれたままぼうっとしていたようだ。

ここはいつもどおりのみと屋の店内。そのはずなのに、平太の言葉がまだ耳奥にこびりついている。

「お鈴さん、大丈夫ですか。疲れが溜まっているのではないですか」

床几《しょうぎ》に座る新之助が、心配そうに言った。

「そうよ。あんた達二人も、いいかげんお鈴ちゃんに任せっぱなしにしないで、料理の一つくらいできるようになりなさいよ」

加代が小上がりを睨《にら》みつけ、炬燵《こたつ》に潜《もぐ》っていた弥七がふくれっ面をする。

「お鈴ちゃんだから、あんな美味しい料理が作れるのよ。それにねえ。あたしはさておき、料理の腕が壊滅的な親分にできるわけないじゃないの」

「なんだと、このやろう」

「だって本当のことじゃないの」

「うるせえ、料理の一つくらい作れらあ」

「なによ、茶飯と間違えて醤油で味付けしちゃって、しょっぱすぎて誰にも食べられない握り飯作ってたじゃないのよ」

「あ、あれは昔の話じゃねえか」

喧嘩のようなじゃれ合っているようなやりとりの二人。炬燵《こたつ》の上で丸まっていたくろは、呆れた様子でにゃーおと一鳴きした。

弥七達のやりとりに飽きたのか、加代は新之助と話し始めた。きっと太助とどこかへ行ったというのろけ話だろう。もしくはご執心《しゅうしん》の幻の蕎麦屋の話か。それを真剣な顔で聞いている新之助もなんだか面白い。

元やくざの強面《こわもて》店主と、役者のような二枚目の殺し屋。武士らしからぬ同心と、お転婆《てんば》な大店《おおだな》のお嬢様。それに居ついてしまった黒猫が一匹。

料理屋なのにまっとうな客は誰もいない、いつものみと屋の日常だ。

どこよりも奇妙で、どこよりも温かい店。

あたしは、この場所が好きだ。

和《なご》やかな店内を見ながら、お鈴はそう思った。

二

音がしない。

お鈴は暗闇の中で目を開いた。

寝具にくるまったものの、なかなか眠れずに目だけ閉じていた。それがふと、外の音がしないなと気づいたのだ。

障子を開けた外の光景に、思わず「わあ」と声が出た。

白い、大粒の雪が舞っていた。

いつから降り始めていたのだろう。地面もうっすら白く色づいている。

雪は周囲の音を吸い込んでいるかのように、ただ静かに降り続けている。

そういえば、ひとりで過ごすはじめての冬だ。

おとっつあんとおっかさんと暮らしていたところは、冬にはよく雪が降ったものだ。深く積もるほどではないけれど、時折地面が白くなった朝には、小さな雪だるまを作って店の前に立てていた。

はじめての冬に加えて、もうすぐはじめての年越しだ。

年中開けていたおとっつぁんの店も、さすがに年の瀬と年明けは休みになった。年の瀬にはおとっつぁんが蕎麦を打って振る舞ってくれた。これが何より絶品なのだ。麺のコシに出汁《だし》の味の深さ。「遊びだから」と言って店で蕎麦を出すことはなかったので、おとっつぁんの蕎麦は、年に一度の家族だけの楽しみだった。家族で温かい汁を啜《すす》っていた記憶がよみがえり、鼻の奥が熱くなる。

——おとっつぁん。

身体の調子はどうなのだろうか。身に危険は迫っていないだろうか。再び会えるのだろうか。

ひとたび考え始めると、頭の中に不安が渦を巻く。

銀次郎と弥七に相談しようか。おとっつぁんの手紙のことも、金のことも。なにもかも全部。

でも、やはりこれ以上迷惑をかけられない。

銀次郎も弥七も大好きだからこそ、金のことで甘えてはいけない。

それに、このところ、みと屋の近くで視線を感じることが増えた。きっといつかの不審な武士だろう。ぴしりとした背中をよく見かける。

おとっつぁんへの追っ手で、お鈴を見張っているのだろうか。もしもそうだとしたら、どうしよう。相手が武士ならば、銀次郎とてどうしようもない。下手に立ち向かいでもしたら、お縄になるどころか殺されてしまうかもしれない。

お鈴がここに居続けることが、いつかみと屋に禍《わざわい》となってしまうかもしれない。

それだけは、絶対に嫌だ。何よりも大切な場所だから。

降りしきる雪は障子を白く照らす。

淡い光の中で、お鈴は心を決めた。

三

厨房の柱や壁をこすると、古布はあっという間に黒くなった。毎日掃除をしているのだが、竈《かまど》の煤《すす》がこびりついているらしい。布を水に浸《ひた》し、力を入れてこする。

冬場の水は刺すように冷たい。しかしずっと動き詰めなので、身体は温かい。額《ひたい》にうっすらと汗が浮かぶほどだ。

厨房の掃除が一段落したら、次はみと屋の店内だ。

早朝のため、まだ店内は薄暗い。

明け方特有の青みがかった店を、隅から隅まで綺麗にしていく。

壁を拭き、次は神棚。神棚には小さなバッタの細工が乗っていた。優しく埃《ほこり》を取ってやる。

柱を拭き、梁《はり》にははたきをかける。入口近くの柱には傷があった。いつか銀次郎が奉行所に捕われた時についた傷だろうか。そっと傷跡を撫でる。

床几《しょうぎ》は足まで丁寧に磨く。この床几《しょうぎ》にいろんなお客さんが座ったなあ、と想いを馳せる。

小上がりの畳は本当ならはがして綺麗にしたいところだが、女手一つでは難しい。よく絞った布で畳の汚れを取るだけに留めておく。

最後に炬燵《こたつ》を綺麗にしようとして、「あ」と声が出た。炬燵《こたつ》の中で、くろが丸まっていたのだ。鞠《まり》のように小さくなり、すやすやと眠っている。

くろが店に来た時も色々あった。弥七が濡れぼそっていたくろを拾ってきたはいいものの、いっこうに何も食べようとせず、みんなで苦心したものだ。当時のことを思い返しながら、炬燵《こたつ》の布団を元に戻した。

立ち上がって、店内を見渡す。

看板障子《かんばんしょうじ》に、暖簾《のれん》。床几《しょうぎ》に小上がり。小さな店のいたるところに、思い出が詰まっている。

「ふん」しか言わないが、その実、誰よりも情に厚い銀次郎に、つかみどころがなくひょうひょうとしているが、気配りと優しさ溢れる弥七。二人と話した一言一句が脳裏でこだまする。

この店に来た時は、この場所とみんながこんなに好きになるとは思ってもいなかった。

みるみるこみ上げてきた涙を、袂《たもと》で拭った。


今日、お鈴はみと屋を辞める。

色んなことを悩み、考え。そして出した結論だった。

みと屋のことが大好きで、だからこそ迷惑をかけたくなくて、平太の提案を受け入れることにした。新しい店は給金がいい上に薬代を立て替えてくれるという。ありがたい話だし、おとっつあんを救うためにはそれしか手立てがなかった。お鈴が辞めたところで、みと屋もすぐに代わりの料理人を見つけるだろう。

そう分かっていても、最後まで銀次郎と弥七に別れを切り出すことはできなかった。

書置きを残して、二人が店に来る前にそっと発《た》つつもりだ。

しかし、お世話になった店に礼を尽くさず去るのは忍びない。それでこんな早朝から店内すべてを綺麗に掃除していたのだった。

掃除は単なる別れの儀式ではない。お鈴にとっては煤払《すすはら》いも兼ねていた。もうすぐ年の瀬。せめてそれくらいはきちんとやっておきたかった。

ぴかぴかになった店を確かめて、二階から荷物を取ってきた。

江戸に出てきた時から、荷物なんて風呂敷一つだ。あれから増えたものもあんまりない。去る時も風呂敷包み一つきりだ。

小上がりに、書置きと分厚い封書を置く。

書置きは銀次郎と弥七へのもの。わけを説明せず、みと屋を辞めて出ていくことの詫びと、これまでの感謝を綴《つづ》っている。封書は、お鈴が出していた料理の作り方をまとめたものだ。みと屋を辞めると決めてから、時間を見つけてこつこつと書き記してきた。

魚の焼き方、漬物の漬け方。お鈴がいなくても、銀次郎や弥七が困らないように。

そう思って用意したものだった。

ゆっくり店の中を歩き、看板障子《かんばんしょうじ》を開ける。

柳の木に靄《もや》がかかって見えた。

外に向かって一歩踏み出そうとした時。

にゃん！

振り向くと、床几《しょうぎ》の上にくろが座っていた。

いつの間に起きて、炬燵《こたつ》から出たのだろうか。

くろはお鈴の心を見透かすように、じっと無言で見つめている。

決めたはずの心がまた揺らぎ始めた。本当にそれでいいのか。お前の選択は正しかったのか。

首を振って迷いを振り切る。

お鈴は涙を溜めたまま、外に向かって走り出した。

四

平太との待ち合わせ場所は、街はずれの一本松だった。

先に駕籠《かご》を待たせているというので、平太について歩く。

「駕籠に乗るなんて、お店は遠いんですか」

「いやあ、そんなことはないですよ。お鈴さんが疲れないようにという旦那さんの配慮です。本当にいい店ですよ」

「お店は料理屋なんですよね」

「ええ、そうですよ。なので、仕事も今までとあんまり変わりませんよ」

「料理も、作らせてもらえるんでしょうか」

「さあ、どうでしょうねえ。そのあたりは店で相談してもらえますよ」

新しい店に行くと決めたものの、気がかりでいっぱいだ。こまごまと尋ねても、平太は曖昧《あいまい》な答えしか返さない。

「ほら、その駕籠《かご》ですよ」

平太の視線の先には、割り竹に垂れがついた四《よ》つ手駕籠《でかご》が一台。

「平太さんは一緒に行かないんですか」

店まで連れていってくれると思っていたので、驚いた。

「ええ、私はこちらで失礼します。大丈夫ですよ。話はちゃんとついてますし、この人達が店までしっかり送り届けてくれますから」

「そう、なんですか」

「それでは、お鈴さん、お元気で」

「はい。あ、あの、おとっつあんの手紙は、また平太さんが持ってきてくれるんですか」

「店の人に話をしていますから、それも大丈夫ですよ」

「おとっつあんに、くれぐれも身体を大事にするよう伝えてください」

「ええ、ええ、わかりました。必ず伝えますよ」

顔に笑みを湛《たた》えながら答える平太。妙に笑顔が張り付いているように見えた。

心の中に不安を残したまま、屈強な駕籠《かご》かきに促されて、駕籠《かご》の中に入る。

物音がした後、外から「えいほ」と声が聞こえて、身体が浮き上がった。駕籠《かご》かき

が駕籠《かご》を持ち上げたのだ。そのまま身体が揺られて進んでゆく。

駕籠《かご》に乗ったのなんてはじめてだ。もっと優雅なものだと思っていたら、ずいぶん

と揺れる。上下左右に揺さぶられながら、まだ見ぬ店に向かって進んでいく。

そういえば、平太は結局ちゃんと教えてくれなかったが、いったいどちらの方角に

向かっているのだろう。

街道の様子を見ようとして気づいた。

この駕籠《かご》には、窓がない。

本来、四《よ》つ手駕籠《でかご》には外が見られる小さな窓があるはずだ。それが、どこを探して

も見つからない。仕方がないので左右を覆う垂れ自体を上げようとしたが、上がらな

い。どうやら下の部分で結ばれているようだ。外す方法がないかもぞもぞやったけれ

ど、上下左右に激しく揺れるのでそれどころではない。しばらく試してみたが、諦め

ざるを得なかった。

どうして外が見られないのだろう。

駕籠《かご》に乗り慣れぬお鈴が、途中で落っこちたりしないようにだろうか。きっとそう

に違いない。

自分の心にそう言い聞かせるが、胸の内に黒い雲が湧き上がっていくのを抑えることはできなかった。

＊

いったいどれくらい揺られていたのだろう。

だんだん頭がぼうっとしてきたころ、「よいしょ」とかけ声がして、乱暴に地面に下ろされた。

外で話し声がして、駕籠《かご》の垂れが上げられた。

「ぐずぐずしてないで、とっとと出ろ」

声の主は若い男だった。背は低く、吊り目がち。耳に障る甲高い声をしている。

駕籠《かご》から這い出すと、「えっほえっほ」と駕籠《かご》かき達は去っていった。

どうやらどこかの街道のようだ。しかし大通りではなく、道幅は狭い。人通りも多くなさそうだ。

「おまえがお鈴か」

男にねめつけられ、お鈴は慌てて頭を下げた。

「あ、はい。あたしがお鈴です。お世話になります。よろしくお願いします」

「平太から話は聞いてる。俺は太吉《たきち》だ。これが今日からお前が働く店だ」

太吉が顎で示した先には、二階建ての店があった。大きさはみと屋を三つくっつけたくらい。大店《おおだな》というほどではないが、今までが小さな店だったので、ずいぶん大きいなと感じた。いくつも部屋があるように見えるから、旅籠《はたご》なのだろうか。年季の入った木の看板には「三好屋《みよしや》」と大書されていた。

それよりも気になったのは、店の顔つきだった。

——店の料理は心、店の構えは顔だ。心は顔に出る。どっちも綺麗にしておかなきゃいけねえ。

おとっつあんがよく言っていた。だからみと屋では店前を掃き清めて、お客さんが入りたくなるように心がけていたものだ。

それがこの店はどうだ。汚いとまで言うつもりはなくとも、気が配られていないことがよく分かる。扉の隙間には枯れ葉が挟まっているし、枠の上には埃《ほこり》が載っている。おざなりな掃除しかされていないに違いなかった。

「ほら、行くぞ」

太吉に連れられて中に入ると、広い土間の先に階段があった。奥に見えるのは厨房だろうか。造りとして飯屋や居酒屋ではなさそうだ。店の中は薄暗く、違和感がある。

廊下を歩きながら、ふと気づいた。

料理の匂いがしないのだ。

飯を出すのであれば、そろそろ仕込みの音や匂いがしていてもいいはずだ。それがまったく聞こえない。

「お前が寝泊まりする、溜まり場だ」

日当たりの悪い奥まった部屋の戸を開けると、不躾《ぶしつけ》な視線が飛んできた。

三十過ぎぐらいだろうか。痩せぎすな女がひとり、机に片ひじを突いていた。

「新入りだ」

太吉がぶっきらぼうに言う。お鈴は頭を下げた。

そのまま階段を上がって、上階に連れられる。

二階には小さな部屋が二つと大きな部屋が一つあり、太吉は小さいほうの部屋の襖《ふすま》を開けた。薄暗い畳張りの部屋だった。

「お前の持ち場はここだ。覚えておけ」

「あ、あの」

「なんだ」

睨《にら》まれて身を竦《すく》める。怖い男には銀次郎で慣れたはずだが、太吉にはまた違う怖さがあった。

「あ、あたし料理屋で働くと聞いたんですが、な、何をすればいいんでしょうか」

「ここは旅籠《はたご》だ。泊まりの客に晩飯を持っていってやるのがお前の仕事だ。後は客の頼み事を聞いてやるのもな」

「あの、料理は作らせてもらえないんでしょうか」

「料理だと」

太吉は浅く笑った。

「そんなことお前がしなくていい。それに、うちみたいな安宿にたいそうな料理なんていらねえんだ。飯を炊いて出してやりゃあいい」

「そう、ですか」

聞いていた話とずいぶん違う。料理をさせてもらえるのではなかったのか。裏切られた気持ちになり、心が沈む。

「あ、あの、店の旦那さんはいらっしゃいますか。あたし、おとっつあんの薬代のお礼を言いたくて」

太吉はしばし考え、「ああ」と呟き、また笑った。

「旦那は店に来ることはねえよ。まあ、よく言っておいてやるさ」

＊

「後のことは、さっきの女に聞け」と言い置いて太吉は去っていった。

お鈴はひとりでたまり場に戻り、恐る恐る襖《ふすま》を開いた。

中の女は、先ほどと同じように机に肘を突いていた。目だけこちらに向けられる。

「あ、あの」

まごまごしていると、「突っ立ってないで入んなよ」と言われた。

襖《ふすま》を閉めて中に入り、部屋の隅に風呂敷包みを置く。机の女の向かい側に座った。

とはいえ何を話せばいいかわからない。下を向いて俯いていると、

「タツ」

「は、はい？」

「あたしの名前だよ。タツってんだ」

「お、お鈴です。よろしくお願いします」

慌てて挨拶をした。

「あんたはそんなに若いのに、なんでまたこんなとこ来ちまったんだい。博打《ばくち》か男か、それとも親に売られたかい」

「え、いえ、その」

「銭が必要じゃなきゃ、こんなとこで働かないだろ。誰だって事情持ちさ。ちなみにあたしは男だよ」

添い遂げるはずの男に借金を肩代わりさせられてねえ、とおタツは自嘲気味に笑った。

「で、あんたはなんでこんな店に来たんだい」

「あ、あたしはおとっつあんの薬代が入用で」

「なあんだ。ずいぶんまっとうな理由じゃないか。そりゃあ健気《けなげ》だねえ」

おタツは口を尖らせて、興ざめだと言わんばかりの表情を浮かべた。

「あ、あの。この店はどういう店なんでしょうか」

「まあ見ての通り、場末の飯盛り宿だよ。その中でも大した店じゃないけどねえ」

「飯盛り宿って、何ですか」

「あんた、正気で言ってんのかい」

「は、はい」

おタツは目を丸くする。

「あんた、飯盛り女って知ってるかい」

「い、いえ」

「こんな場末の旅籠《はたご》で働く女のことさ。建前は泊まり客に飯を運んだり布団を敷いてやったりする仕事だけどね、本当は男と女の夜の仕事さ。飯盛り宿ってのはさ、そういうとこだよ」

「そ、そんな」

あまりの衝撃に絶句した。料理ができないどころか、睦《むつ》ごとが仕事だなんて。それではまるで女郎ではないか。

「だから言ったろ、なんでこんな店に来たんだって。まっとうな働き場じゃないんだよ。いっそ吉原にでも売られた方が美味しいもん食べられたかもね」

「で、でも、店の旦那さんが薬代を立て替えてくれるって。それに給金がとてもいい仕事だって」

「給金なんてね、やれ飯代だ布団代だと差っ引かれて、渡される銭なんて雀の涙さ。あとさあ」

おタツは怪訝そうに言葉を継いだ。

「この店の旦那なんて聞いたことないよ。店のことは太吉がしきってるし、この店は岩流《がんりゅう》一家が治めてるからね。旦那がいたとしても碌《ろく》な奴じゃないよ」

「岩流一家って、なんですか」

「何言ってんのさ。博徒の岩流一家だよ。最近色んなところを荒らしてるやくざ一味さ。この店はね、岩流一家絡みの借財を抱えた奴が売り飛ばされてくるんだよ」

お鈴の真っ青な顔を見ながら、おタツは憐れみを込めて言った。

「こう言っちゃあ悪いけどさ。あんた、もしかして、ハメられたんじゃないのかい」

＊

おタツは不愛想な人かと思いきや、性根の優しい人であった。好いた男に一緒に店を持とうと言われ、それを信じて保証人になってしまったのだという。気づけば男は行方をくらまし、莫大な借金だけが残っていた。借金元は岩流一家と繋がっており、借金を返すためにいい店で働かせてやると、この店に連れてこられたのだそうな。かれこれ二年近く働いているらしい。

「あたしの男を見る目がなかっただけなんだけどさ、はなからあいつと岩流一家はぐるだったのかもしれないねえ」

自分自身はどうなのだろう。信じたくないが、自分も平太に騙《だま》されたのだろうか。もしもそうだとしたら、どこから騙《だま》されているのだろう。薬代は？　そもそもおとっつあんの手紙は？

おタツは店についてもあれこれ教えてくれた。

三好屋は千住《せんじゅ》の先あたりの街道にあるらしい。らしいというのは、おタツも場所をよく把握していないからだ。わざわざ駕籠に乗せ、しかも外を見せなかったのは、来た道を覚えさせないようにして、簡単に逃げさせないため。

もとはおタツの他にも働いていた女がいたが、少し前に体調を崩してどこかへ連れていかれたきり、帰ってこないという。お鈴はその代わりのようだ。

店としては、客が毎日ひっきりなしに来るほど繁盛しているわけではない。客が来たら、その世話をして一夜を共にする。大部屋に泊まる普通の客もいるようで、そういう客の給仕もしてやる。朝は掃除洗濯などの仕事があり、一息つけるのは昼過ぎから開店までの間。

店は太吉がひとりで取り仕切っていて、厨房は太吉の手下の爺さんが担《にな》っている。ちなみに毎日の食事はもらえるが、薄くてまずい粥ばかり。

「坊主頭の大男、見たかい」

「いえ、見てませんけど」

「じゃあ、寝てたんだね。店にはもうひとり男がいてさ、背丈のでかい坊主なんだよ。そいつはさ、用心棒なのさ」

「用心棒、ですか」

「ああ。商売柄、他所《よそ》の店とのいざこざや、客とのもめごとだってある。そんな時に腕っぷしで片をつけるためにいるのさ。昼間は寝てるけど、夜はずっと起きてる。それにね、そいつは用心棒ってだけじゃなく、あたし達も見張ってるんだよ」

お鈴はごくりとつばを飲み込んだ。

「だから、あんたも逃げ出そうなんて考えるんじゃないよ。簡単に捕まっちまうし、見つかったらきつい仕置きを受けちまう」

おタツは悲しげに「だいたいさ」と続けた。

「あたし達は証文を交わしちまってるからね。逃げ出しても、あれがある限りどうしようもないのさ」


おタツの話を聞いているうちに日が暮れ、部屋も暗くなってきた。

唐突に襖《ふすま》が開けられて、太吉が顔を出した。

「おい、客だ」

お鈴と目が合う。背筋に冷や汗が走った。太吉が口を開こうとした時。

「あたしが行くよ」

おタツが立ち上がった。

「借金のために、しっかり稼がなきゃねえ」

太吉は鼻白んだ顔をし、「早く来い」と去っていった。

「おタツさん、すみません」

自分をかばってくれたに違いない。申し訳なくとも、助かったという安堵が心に満ちていた。

おタツは「いいんだよ」と優しく言った。

「連れてこられた日から、こんな因果な仕事をさせられるのは、誰だって可哀そうなもんさ。でも、もうひとり客が来たらどうしようもないから、祈っておくんだね」

五

客が来ませんように、来ませんように。

必死で願い続けた甲斐《かい》があったのか、他に客は来なかった。

太吉が襖《ふすま》を開けた時は生きた心地がしなかったが、不機嫌そうに「店じまいだ。寝ろ」と伝えて帰っていった。

薄っぺらい布団を敷き、潜り込む。

おタツは客の部屋に行ったまま、今日は戻ってこないのだろう。

溜まり部屋には窓はない。女が逃げ出すのを防ぐために違いない。

真っ暗闇の中、天井を見つめる。

冷え冷えとした空気が、薄っぺらい布団越しに身体を襲う。身体をぎゅっと丸めるが、寒くてたまらない。

——おめえ、最近、何かあったか。

——遠慮しないで。何かあったら、いつでも相談していいんだからね。

銀次郎と弥七の声が耳の奥で聞こえる。

みと屋を出てまだ一日なのに、ずいぶんと長く二人に会っていないように思う。

あんなにお鈴のことを心配してくれていたのに、どうして二人に相談しなかったのだろう。おとっつあんからの手紙が本物か偽物か分からないが、銀次郎と弥七ならばきっと正しい道筋を教えてくれたはずだ。目先の言葉に惑わされて、平太を信じてしまった浅はかな自分を心から悔やんだ。

それだけではない。二人に挨拶もせぬまま、逃げるように店を飛び出してしまった。もうみと屋には戻れないけれど、せめて謝りたい。今はそう思う。

そのためにも、このまま三好屋にいるわけにはいかない。

今日は運よく客を取らずにいられたけれども、明日からはそうもいかないだろう。そんな仕事はしたくないし、あたしにはできない。

——逃げてしまおうか。

証文は残ったままだが、この店で働くくらいなら死んだ方がましだ。

それならば、いっそ。

お鈴は布団から出た。音を立てないように襖《ふすま》を細く開けて、店内の様子を窺《うかが》う。

店の中は真っ暗で、物音ひとつしない。太吉達も寝静まっているようだ。

お鈴は風呂敷を背負い、足音を忍ばせて廊下を歩いた。

店の入口は戸締まりがしてあるはずだし、錠を外すと音がしそうだ。

どこか、別の場所から。

こうした店ならば、きっと厨房に勝手口がある。そこなら見つからずに出られるのではないか。

目も暗闇に慣れてきた。ぼんやりとした闇の中を這うように進み、どうにか厨房に辿り着いた。

厨房は鍋や包丁などが雑然と置いてあった。何かにぶつかって音を立てないよう、慎重に慎重に歩く。

やがて、厨房の隅に勝手口の戸を見つけた。心張り棒を少しずつ外し、ゆっくり戸を開けた。

冷気が頬を撫で、お月さまの光が目を刺した。

外だ。

幸いなことに中庭ではなく、店の裏手に出られたようだ。

これなら、このまま逃げられる。

思いの他あっさりと事が進んでほっとした瞬間。

「初日から逃げ出すとは、見かけよりいい度胸じゃねえか」

さっと血の気が引き、足が震え出す。おそるおそる振り向くと、太吉と坊主頭の大男が立っていた。あれがおタツの言っていた用心棒なのだろう。月明かりに照らされて、二人の影が歪《いびつ》に伸びていた。

「だいたいは客を取らせた次の日に逃げるもんだがな、客を取る前から逃げ出した奴はお前がはじめてだよ」

「ど、どうして」

「おタツから聞かなかったか、見張られてるって。おまえらの考えそうなことくらい、こっちは全部お見通しだよ」

太吉は酷薄な笑みを浮かべた。

「あ、あたしは騙《だま》されたんです。こ、こんな店で働くだなんて、聞いてませんでした。へ、平太さんに確かめてください」

「ああ、お前はきっと騙《だま》されたんだろうよ。だがな、そんなこと俺の知ったことじゃない」

腕を組み、笑いながら太吉は言葉を続ける。

「俺がおまえを騙《だま》したわけじゃない。俺はおまえがこの店で働くという証文を受け取って、そのとおりに働かせてるだけだ。そうだろう」

「で、でも、最初から分かっていたんでしょう。へ、平太さんとぐるなんでしょう」

「そうかもしれねえな。だが、そんな証拠はねえ。そうだ、せっかくだからいいことを教えてやろう」

太吉はお鈴に一歩近づいて、指を立てた。

「いいか、この世はな。騙《だま》す奴が悪いんじゃねえ。騙《だま》される奴が馬鹿なんだ」

あっはっはと哄笑《こうしょう》し、無言で佇《たたず》む大男に「おい」と声を飛ばした。

「捕まえろ」

逃げようとしたが、身体が竦《すく》む。走ろうとするも、すぐに足がもつれて転んでしまった。近づいてきた大男にあっさり身体を掴まれた。

「二度と逃げ出そうなんて思わねえように、きつい仕置きをしてやらなきゃなあ」

太吉が笑いながら歩いてくる。

「は、放してください」

両手両足を全力で動かすが、胴をしっかり押さえられている。それでもがむしゃらに手を動かしているうちに、自分の頭のあるものに触れた。とっさに引き抜き、その先端で大男の腕を刺した。

「痛っ」

抱え込まれていた腕が緩んだすきに、身体を振りほどいた。

「このあま」

しゃがれ声の大男は血走った目をしていた。腕には小さく血の粒が滲《にじ》んでいる。お鈴が刺したもの、それは新之助からもらった簪《かんざし》だった。ずっと頭に挿《さ》していたのだ。

──新之助さん、力を貸してください。

小さな簪《かんざし》を握りしめ、その切っ先を大男に向ける。

「知らねえぞ、そいつを怒らせたら。おい、やりすぎるなよ」

太吉が言い、大男がにじり寄ってくる。

来ないでと簪《かんざし》を振り回すがお構いなしだ。すぐに眼前に迫られ、こん棒のような腕が伸びてきた。

もうだめだ。

お鈴が目をつぶった瞬間。

ひゅん、と風切音がした。

同時に「ぐわっ」という悲鳴。

何が起きたのか。そっと目を開いて窺《うかが》うと、大男はその場にひざまずいて片目を押さえていた。その横に転がっているのは、銀の煙管《キセル》。端には見覚えがある根付が付いていた。

「もう、こんな夜分にか弱い女の子を手籠《てご》めにしようとするなんて、みっともない男じゃないの」

暗闇が人影に揺れた。

だんだん輪郭がはっきりし、影から月明かりの下に現れたのは、唇に紅をさした役者のようにいい男。

弥七だった。

その後ろから大きな影があらわれた。馬に乗って息を荒くした銀次郎の姿だった。なぜか着物の胸元にはくろもいる。

「銀次郎さん、弥七さん」

熱いものが胸の奥からこみ上げてくる。ずっと張りつめていた心の堰《せき》が決壊しそうになるのを、必死で堪《こら》える。

「もう、お鈴ちゃん。若い女の子が夜に出歩くのは危ないのよ」

弥七はお鈴に片目をつぶり、銀次郎は「ふん」と鼻を鳴らした。

「おい、どこの野郎か知らねえが、何やってるのか分かってんのか。こちとら岩流一家のもんだぜ」

太吉が足を踏み出して、声を荒らげた。身体を屈めて、懐《ふところ》に右手を入れている。

「そこの娘はな、うちの奉公人だ。悪いが返してもらうぜ」

馬上から銀次郎が言った。声が腹にびりりと響く。

「はいそうですかって言うわけねえだろ。おい、こいつらまとめてやっちまえ。手加減しなくていい」

太吉の指示と同時に、大男は咆哮《ほうこう》と共に突進してきた。

砂煙を上げて猛牛のように迫る大男。吹き飛ばされそうになるのを、弥七は紙一重で交わす。その刹那《せつな》、右腕を素早く動かした。

と、大男が変な恰好で硬直したかと思いきや、どうとその場に倒れ伏した。

弥七はわざとらしく両手を払った。

「安心してね。気を失ってるだけよ」

太吉は信じられない様子でしばし呆然とし、奥歯を噛みしめた。

「てめえら、どこのもんだ」

「みと屋っていうしがない料理屋のもんよ。水道橋から歩いてすぐ。川の近くにあって大きな柳の木が目印よ。あんたも食べにおいでなさいな」

「舐めやがって。覚えてろよ」

太吉はそう言い放って、闇夜にすばやく消えていった。後に残ったのは夜の静寂のみ。

どうやら、助かったらしい。

足から力が抜ける。お鈴は呆《ほう》けたまま、その場にへたり込んだ。

砂を踏む音が聞こえて、二つの顔が覗き込んだ。

微笑む弥七と、仏頂面の銀次郎だった。

「お鈴ちゃん、大丈夫？」

ぽろりと涙が落ちた。

とたんに涙が止まらなくなり、お鈴はわんわん泣きながら二人に抱きついた。

銀次郎と弥七は黙ってお鈴の背中に手を当てた。二つの手の温かさが、背中越しに伝わってきた。くろがそっと近づき、お鈴の手を舐めてにゃんと鳴いた。

六

床几《しょうぎ》が二つに小上がり。そこに鎮座する場違いな炬燵《こたつ》。

お鈴がよく見知ったみと屋の姿だった。

銀次郎は行灯《あんどん》に火を入れ、厨房に入っていった。

ぼうっとしたまま、お鈴は床几《しょうぎ》に腰を下ろした。くろが膝の上に乗り、丸くなる。

あれから銀次郎はお鈴を馬に乗せ、みと屋に駆け戻ってきた。もう木戸は閉まっている刻だったが、銀次郎が鼻薬を嗅《か》がせて手を回していた。道々の木戸をこっそり通してもらい、無事に帰ってくることができた。

みと屋を出てから一日も経っていないはずなのに、あまりにも色んなことがありすぎて、実感が湧いていない。気持ちの置き場所を見つけられぬまま、ただ床几《しょうぎ》にへたり込んでいた。

しばらく呆けていると、銀次郎が厨房から戻ってきた。

お鈴の前に歩み寄り、おもむろに何かを置く。

ぼんやり目をやると、温かい茶と皿に載った握り飯だった。

「食え」

銀次郎がぼそりと言う。

お鈴はのろのろ手を伸ばし、掴んで小さく口に入れた。

握り飯は歪《いびつ》で、なぜか硬い。しかも塩をつけすぎたのかひどくしょっぱい。一方、茶のほうは濃い緑色をしているくせに、白湯《さゆ》のように味が薄い。どうしたらこうなるのかよく分からない。はっきり言ってすべてがまずい。でも、口にするたびに腹も心も満たされていく気がした。

一口食べてはぽろり。一口飲んではぽろり。口を動かすごとに涙が流れ落ちる。

「ごめんなさい」

言葉がこぼれ落ちた。

ちゃんと相談しなかったこと。勝手にみと屋を飛び出したこと。それなのにこうして助けてもらったこと。色んなことへの詫びだった。

「ばかやろう」

「ごめんなさい」

銀次郎は立ったまま、お鈴の肩に手を載せた。

「何かあれば、気を遣うな。次は絶対に話せ」

「ごめんなさい」

「俺達は、もう」

ひどくぶっきらぼうに、銀次郎は言った。

「家族みたいなもんだろうが」

涙を流しながら、お鈴は静かに頷いた。

＊

看板障子《かんばんしょうじ》がからりと開いて、弥七が入ってきた。

「首尾は上々よ……って、お鈴ちゃん、よく帰ってきたわねえ。本当に無事でよかったわあ」

弥七が飛んできて強く抱きしめられる。ぷんと白粉《おしろい》の匂いがして、ああ、弥七の匂いだと安心した。

「すいませんでした」

弥七は腕を離して、お鈴の目を見据えた。

「いい、この店はね、お鈴ちゃんがいないといけないの。あんな立派な料理の作り方を残してくれたってね、お鈴ちゃんじゃなきゃ駄目なのよ」

「あの、あたし」

――みと屋に帰ってもいいんですか。

そう言いかけた口を、弥七が人差し指で押さえた。片目をつむってみせる。

銀次郎は「ふん」と鼻を鳴らした。それは、とても優しい響きだった。

「ありがとうございます」

それ以外の言葉が出てこなかった。ただ深々と、頭を下げる。

「いいのよ。でも本当に心配したんだから。親分ったら動転しちゃってみと屋の中をぐるぐる走り回るし」

「うるせえ、ばかやろう」

いつもの光景に、やっとお鈴の顔に笑みが戻った。

「あの、どうしてあたしが三好屋にいるって分かったんですか」

お鈴自身も場所を知らなかったし、どうしてあんなに早く居場所を突き止められたのか。そう尋ねると、弥七はにやりと笑った。

「それがなんとねえ、くろのお手柄なのよ」

「くろの」

膝の上で丸まっているくろに目をやる。

「最近お鈴ちゃんの様子がおかしかったし、急にいなくなるなんてただ事じゃないと思ったけど、なにせ手がかりがないでしょう。どこから捜そうか親分とあたふたしてたら、くろがひょいと外に出て行っちゃったのよ。それでね、外でにゃーにゃー鳴くから何事かと思ったら、いっぱい野良猫が集まっててね、くろがにゃーにゃー言うとみんなちりぢりにいなくなってね」

自分の話をされていることに気づいているのか、くろは尻尾を揺らしている。

「一日中親分と方々《ほうぼう》捜したんだけど決め手がなくて、夜にみと屋に戻ってきたら、くろがにゃーにゃー鳴くのよ。裾を引っ張ってこっちに来いって言ってるみたいで。それで藁《わら》にも縋《すが》る思いでくろの言うとおりに行ったら、お鈴ちゃんが襲われてるところに出くわしたってわけ」

「もしかして、くろが色んな猫の助けを借りて、あたしを見つけてくれたんですか」

「あたしは猫の言葉なんて分からないけど、もしかしたらそうかもねえ。ほら、この子、親分に可愛がってもらってたじゃない。それでいつの間にか真似して、猫達の親分になっちゃったんじゃないかしら」

　くろをしげしげと見つめる。傍からは普通の黒猫でしかないが、たしかに妙な落ち着きがあって、銀次郎っぽくもあるように思う。どちらにせよ、くろのおかげで助けられたのだ。

「ありがとう、くろ」

　背中を優しく撫でると、くろは嬉しそうににゃーおと鳴いた。


「で、何があったんだ」

　お鈴の様子が落ち着いたのを見計らって、銀次郎が声をかけた。

「実は」と、これまでのことを洗いざらい話す。

　おとっつあんから手紙が来たこと。病になったらしく金を送ったが、薬代が足りないこと。薬代を立て替えてくれて稼ぎもいいという店を紹介してもらい、やむにやまれずそこで働くことにしたこと。料理屋と聞いていたが、飯盛り女として働くよう言われたこと。慌てて逃げ出したこと。

それらをすべて説明し終わると、銀次郎は「なるほど」と腕を組んだ。

「その手紙の相手は、本当におめえの親父さんなのか」

「そう、だと思います」

そう言いつつも自信はなく、声が細くなる。

「藩に追われてることも書かれてましたし」

「おめえ、親父さんの話を誰かにしたか」

「誰にもしてません」

首を振った後で、記憶の片隅に何かがひっかかった。「あ」と呟く。

「そういえば、道で会った辻占いにしました。したというか、当てられたというか」

「どういうことだ」

「その人、凄いんです。占いであたしの悩みもどんどん当ててくれて、それで、そのうちに便りがあるだろうって言われたら本当におとっつあんからの手紙も来て」

銀次郎は弥七と顔を合わせて、二人で頷いた。

「おめえ、謀《はか》られたな」

「ど、どういうことですか」

「その占い野郎と、平太って奴と、さっきの店は全部ぐるだ。おおかた例の岩流一家って連中なんだろう」

「で、でも、あたしの悩んでることやおとっつあんのことも全部当ててくれて」

「おめえ、こう聞かれたんじゃねえのか。おまえさん、悩みがありますね、と。それで、もっともらしく占って、おまえさんの悩みは男のことですね、ってな」

「そ、そうです」

「典型的な手口だ。占いでずばずば見抜いてるようで、よく考えればたいしたことは言ってねえ。人は誰だって悩みの一つ二つ持っていやがる。それで若い娘の悩みごとといりゃあ、たいてい男絡みだ。おめえはたまたま親父さんだったが、だいたいの娘は、好いた男の悩みだ」

「そうやって水を向けてあげれば、この人は本物なんだと信じちゃって、自分からするっと悩みを話しちゃうもんなのよ」

弥七が重ねて言った。

「じゃ、じゃあ。あのおとっつあんからの手紙は、全部、偽物なんですか」

「おそらくそうだろうな。その占い野郎が仲間に情報を流して、偽の手紙をでっちあげ、金を巻き上げたんだ。あまり金をむしれそうにねえと分かったら、証文に判を押させて女郎屋に売っぱらうって寸法だ。そうやって色んな奴をハメて金を稼いでるんだろう。よくある悪党のやり口だ」

「そんな」

金を盗られたことよりも、本物のおとっつあんではなかったことが心に応《こた》えた。

やっと繋がれたと思ったのに。今度こそ、おとっつあんと会えると思ったのに。

がくりと頽《くずお》れるお鈴の背中を、弥七が優しく撫でた。

「あたしがもっと早く、銀次郎さん達に相談していれば」

項垂《うなだ》れるお鈴に、銀次郎は「過ぎたことは仕方がねえ」と声をかけた。

「それより、とっととそいつらと縁を切らねえとな。おめえ、証文は交わしちまってるんだろう」

こくりと頷く。

「どんなにあくどい手口で騙《だま》されたとしても、証文は証文だ。そいつを振りかざされちまったら、こっちにはどうしようもねえ」

銀次郎は弥七に顔を向けた。

「で、分かったか」

「ばっちりよ。あの男、外れにある古そうな屋敷に駆け込んでいったわ。おおかたねぐらがてら賭場にでも使ってるんじゃないかしら」

「弥七さん、いつの間に」

弥七の姿がなかったのは、どうやら太吉の後をつけていたらしい。

「ああやって煽《あお》ってやりゃあ、きっと親玉のところに行くと踏んでたのよ。こういうのは根っこから退治しとかなきゃ、また生えてくるもんだし。証文もきっとそこにあるわよ」

「よし、行くぞ」

立ち上がる銀次郎の着物の裾を、とっさに手で掴んだ。

「あたしも行かせてください」

銀次郎は目を丸くしたが、すぐに「ばかやろう、駄目に決まってるだろうが」と叱りつけた。

「そうよ、これから行くとこは危ないんだから。あたし達がなんとかするから、お鈴ちゃんはここで寝てなさい」

「元は、あたしが引き起こしてしまったことです。それに、おとっつあんの手紙が偽物だったのか、確かめたくて」

おそらく銀次郎達の言うとおり、自分は騙《だま》されたのだろう。おとっつあんからの手紙もきっと偽物なのだろう。そう分かっていても、心の奥底でまだ信じたくない気持ちがあった。ほんの一筋の光だとしても、手紙だけは本物であってほしい、と願っていた。

弥七は銀次郎と視線を交わし、仕方ないという顔で両手を上げた。

「しょうがないわねえ。でも、絶対にあたし達の側から離れちゃだめよ」

七

弥七が案内した場所は、町の外れにぽつりと建つ一軒家だった。

今日は雲がないから月明かりに照らされて、周囲がよく見える。

どこかの大店《おおだな》の主かお武家様の隠居場所だったのだろうか。垣根に囲まれた立派な平屋で、ずいぶん古びて年季を感じさせる。家の前の広い畑はながらく手入れされていないと見えて、雑草が生い茂っていた。

垣根の隙間から、家に明かりが灯っているのが見える。

足音を殺して近づくと、風に乗って男達の騒がしい声が聞こえてきた。

「あの、これからどうするんですか。何か、策はあるんですか」

「何言ってんの、正面から乗り込むのよ」

「えっ、でもお二人ですよ」

てっきり特別な策でもあるのだろうと思っていた。

「こういうのはね、相手が慌ててるうちに先手を取って、一気に締め上げるのが一番なのよ」

「行くぞ」

銀次郎はおもむろに家の入口に近づき、荒々しく扉を蹴破った。

家の奥からわらわらと男達が溢れ出てくる。みな破落戸《ごろつき》のような風体《ふうてい》で、目つきが悪い。堅気でないのは一目瞭然だった。

「おう、どこのもんじゃい、こらあ！」

人の輪が口々に罵声を浴びせかける。

一方の銀次郎は、落ち着きはらっていた。

「俺はみと屋の銀次郎ってもんだ。うちの奉公人がえらい世話になったな」

「みと屋、だと」

人垣の後ろから、「あっ、てめえ！」と声がした。

「てめえ、さっきはよくも舐めたことしてくれたな。頭、こいつです。例の奴です！」

声の主は太吉であった。いら立った顔でこちらを睨《にら》みつけている。

人垣が割れて、奥から大柄な男が歩み寄ってきた。

総髪姿で、頬には大きな傷跡がある。だらしなく着物を着崩していて、髪を伸ばした破戒僧のようにも見える。

「うちのもんが世話になったらしいじゃねえか。ちょうど支度を整えようとしていたとこだが、そっちから来てくれるとは話が早《はえ》えや」

男は低い張りのある声で言った。銀次郎の眼光を前にしても臆《おく》することなく、悠々《ゆうゆう》としている。

「おまえがここの頭か」

「ああ、岩流一家の岩流だ」

「ふん、聞いたことねえな。弥七、知ってるか」

「ううん、知らないわねえ。最近この辺に来たんじゃないの」

銀次郎達の呑気なやりとりに、囲む破落戸《ごろつき》達が「ふざけんな」だの、「ぶっ殺すぞ」だの口々にわめく。

「で、てめえはわざわざ何しに来たんだ」

「うちの奉公人が手違いで飯盛り宿に売られかけちまったんでな。証文を返してもらいに来た」

銀次郎の後ろに隠れるお鈴を見て、岩流は呵々《かか》と大笑した。

「返せと言われて、はいそうですかと渡す馬鹿がいるわけねえだろ。それにその娘が自分で証文を書いたんだろうが。そりゃあそのとおりに働かねえとおかしいじゃねえか。なあ、おめえら」

周りから「そうだそうだ」と声が上がる。

その時、お鈴ははっと気づいた。

深みのある低い声。どこかで聞き覚えがあると思っていたのだ。

「あなたは、あの時の辻占いさん！」

お鈴の悩みを見抜き、おとっつあんから近く便りがあると占ってくれた辻占い。笠に隠れて顔が見えなかったが、間違いなくあの時の辻占いの声だった。

岩流は「ほう」と眉を上げた。

「やっぱり、やっぱり、おとっつあんのことは全部嘘だったんですね」

銀次郎の言ったとおり、お鈴は端《はな》から騙《だま》されていたのだ。占いも、おとっつあんの手紙も、病気だということも。分かってはいたとはいえ、信じてきたものが崩れる音がした。

岩流は「よく気づいたじゃねえか」と口角を上げた。

「そうだ。端《はな》から全部嘘っぱちよ。おめえの親父のことなんざ知らねえが、自分からぺらぺらしゃべってくれたからな。なかなかいい鴨だったぜ」

「そんな」

「少しの間でも親父の夢を見れたんだからよかったじゃねえか。感謝してもらいてえくらいだ」

「ひ、ひどいです。あたしは、信じてたのに」

「何甘いことぬかしてんだ。この世はな、騙《だま》される方が悪いんだよ」

弥七が「やれやれ」と腕を組む。

「こんな女の子を占いで騙《だま》して金を稼ごうだなんて、あんた達、破落戸《ごろつき》にしてもしょうもないわねえ」

「なんとでも言え。こっちにゃあ証文があるんだ。あれがある以上、お前らが何を言おうと、こっちのもんだ。さ、てめえはこっちに来て働いてもらうぜ。飯盛り宿が嫌なら女郎屋に売り飛ばしてやろうか」

げらげらと下卑《げび》た笑い声を上げる男と岩流達。

銀次郎と弥七は顔を見合わせて、頷いた。

「渡す気がないなら、証文は力ずくでも返してもらうぜ」

銀次郎がどすの利いた声を出して、足を踏み出す。岩流は銀次郎を睨《にら》みつける。

「やってみろよ、老いぼれ」

刹那《せつな》。

周りを囲んでいた男達が、一斉に懐《ふところ》から匕首《あいくち》を出した。

ぼんやり灯る橙の火が、刃に映ってきらめく。

「おまえら、やっちまえ。女だけは殺すな」

岩流の一声で、「うおおお」と男達が吠える。殺気がお鈴の頬に突き刺さり、身体が竦《すく》む。

「外で隠れてらっしゃい」と弥七に言われ、お鈴は外に逃げ出た。しかし様子が気になり、扉の隙間から中を窺《うかが》う。

弥七は袂《たもと》から匕首《あいくち》を抜き、目にもとまらぬ速さで一閃。

同時に、襲いかかってきた男が悲鳴を上げて倒れる。

「殺しやしないから、安心なさい」

弥七は舞うように男達をあしらい、ひとり、またひとりと倒していく。

普段は優しい色男にしか見えないが、こういう場を目にすると、やはり凄腕の殺し屋だったのだとあらためて肝が冷える。

一方の銀次郎は、男達の相手を弥七に任せていたが、時折飛びかかってくる破落戸《ごろつき》を長煙管《ながキセル》でぽかりとやっていた。年の割に元気である。

二人の様子を見ていて、そうかと気づいた。銀次郎と弥七が戦っているのは、入り口の土間を抜けたところである。男達は家の中から出てきたから、廊下に密集している。壁が邪魔をして銀次郎と弥七を四方から襲えないのだ。きっとそれも見据えて正面から乗り込んだのだろう。

「てめえだけは許さねえ」

三好屋の太吉が、長脇差を腰だめに構えて弥七に向かって突っ込んできた。

「あら気が合うじゃない。あたしもよ」

あわやぶつかると思いきや、弥七はその切っ先をひらりと交わし、手刀で長脇差を叩き落とした。そのまま長い腕を太吉の首に蛇のように絡ませ、締め付ける。太吉は「かっ」と声を漏らして、ぐたりと地面に倒れ伏した。泡を吹いているから死んではいないのだろう。

はらはらしながら見守っていると、後ろから荒い息と足音が聞こえた。振り向くと、血走った目の平太が立っていた。裏戸から出て、回り込んできたのかもしれない。

「へ、平太、さん」

「よう、見つけたぜ」

慌てて逃げようとするが、怯《おび》えてしまって足に力が入らない。平太は匕首《あいくち》を垂らすように持ち、じり、じりと近づいてくる。

「てめえのおかげで、俺まで大目玉だ。黙って騙《だま》されてりゃあよかったものを」

「や、やめてください」

「商売道具だから殺しはしねえけどよ、仕置きはしねえとなあ」

平太は匕首《あいくち》をふりかざす。鋭い切っ先が光り、お鈴は頭を抱えて目をつぶった。と。

がきん、と高い音がした。やってくるはずの痛みが訪れない。

目を開けると、そこには男の背中があった。

ぴしりと背筋が伸びて、折り目正しい袴《はかま》姿。髷《まげ》も綺麗に結っている。

どこかの武士だろうか。お鈴をかばうように、男が刀で匕首《あいくち》を受け止めてくれていた。

平太は「てめえ」と匕首《あいくち》をしゃにむに振り回す。男は刀で受け流してあしらう。

やがて平太に疲れが見え始めたころ。男は刀を裏返し、峰で平太の首筋を鋭く打った。平太はその場に倒れ伏す。

「怪我はないか」

男は刀を鞘に納め、お鈴に手を伸ばした。三十半ばくらいの武士で、彫りの深い顔をしている。

「あ、ありがとうございます」とその手を取ろうして、記憶が重なった。

ぴしりと伸びた背中。

どこかで見覚えのあるその背中は、時折川向こうからお鈴のことを監視していた男に違いなかった。

「あ、あなたは」

「話は後だ。まずは中を片付けぬと」

男は屋敷の入口に目を向けて、再び刀の柄に手をやる。

その瞬間、ばたんと大きな音がして、屋敷の中から大男が転がってきた。

両手両足を投げ出して大の字に横たわるその顔は、岩流のものだった。

時おり「うーん」と呻《うめ》くが、完全に気を失っている。

そして中から足音が聞こえ、銀次郎と弥七が顔を出した。

「もう、こいつ口だけでぜんぜん大したことないんだから。これだから最近の若いやくざは根性がないのよねえ」

弥七は片目をぱちりとつむり、銀次郎は「ふん」と鼻を鳴らした。

＊

「これでよし、と」

最後のひとりを縄で縛り上げ、弥七は両手を払った。

岩流一家の連中はぐるぐる巻きにされ、蓑虫《みのむし》のように転がっている。縄は裏の納屋にあったものを拝借してきた。

「あとは新之助さんになんとかしてもらいましょ。たくさんの人が騙《だま》された証《あかし》があれば、お上も動いてくれるはずよ」

「そうだ、証文を探さないとですね」

皆で屋敷を家探しし、奥の小部屋の天井裏から油紙に包まれた証文の束を見つけ出した。ずいぶんな数である。

「ありました」

束の中から、お鈴の証文を見つけ出す。

「残しておくとやっかいだし、奉行所が関わるのも面倒だから、これは燃やしちゃいましょう」

部屋に火鉢が置いてあったので、まだ火種が残っていた炭に証文を当てる。ぽっと火がつき、あっという間に灰になった。

「うん、これでお鈴ちゃんは自由よ。他の証文は残しておいて奉行所に任せましょう」

「銀次郎さん、弥七さん、本当にありがとうございました」

二人に礼を伝えて、「そうだ」と思い出した。

もう一度証文の束に目を通し、「おタツ」という名前を見つけ出す。

「どうしたの」

「三好屋で助けてもらった人なんです」

「そう。じゃあこれは抜いておきましょう。その人に渡してあげて、自由になってもらうといいわ」

「はい」

これで岩流一家の件は、一段落である。

残っている問題は、後一つ。

お鈴は部屋の入口に目を向ける。お鈴を助けてくれた武士が柱にもたれかかっていた。

「あ、あの、助けていただいてありがとうございました」

「いや、怪我がなくて何よりだ」

「で、加勢してくれたのはありがたいけど、あんたは何者なんだい。お武家さんがこんな夜更けにこんなところにいるのは、偶然じゃ済まされないしねえ」

弥七が自然な動作でお鈴の前に出た。やんわりとした口調だが、返答次第ではただじゃおかないぞ、という気配が漂《ただよ》っている。ぴりつく空気を消すように、お鈴は問いかけた。

「あの、もしかして、たまにみと屋の近くにいらしてた方じゃないですか」

武士は少し驚いた顔をし、しばし目線をさまよわせた後、「うむ」と頷いた。

「それがしは宗右衛門《そうえもん》と申す。安中藩《あんなかはん》の者で、お鈴殿の御父上の仲間である」

*

ゆっくり話を聞こうではないかということで、火鉢を囲んで腰を下ろした。

「御父上に何があったのかは、知っているか」

「よくは知りません。でも、料理に毒を混ぜろと言われて、断って逃げたとか」

宗右衛門はそうだ、と頷いた。

「御父上は安中藩の筆頭の賄方《まかないかた》だった。腕は抜群で、料理に心がこもっている。殿からの信頼も厚い料理人だった。だが、ある日、料理に毒を混ぜろと命じられた。その命を下したのは殿の弟君だ」

「どういうことですか」

「恥ずかしいことに、藩の後継ぎを巡った騒動が起きていてな。殿は高齢だがお子はまだ幼い。担ぎ上げるものに踊らされて、弟君が暗躍し始めたのだ。毒を入れろと命じた相手は隣の藩の重臣でな。確かにそやつを亡き者にすれば、その藩の力は弱まるし、政治的にも優位に立てる。弟君一派はそうやって藩内で覇権を握っていこうと考えたのだろう」

「でも、将軍様の世で争いなんてしてはいけないんですよね」

「ああ、そうだ。だが、太平の世に見えても、その裏は駆け引きと謀略《ぼうりゃく》の連続だ。隣の藩に攻め入ったり奪ったりまで考えてはおらずとも、隣の国力を落とせば百姓が流れてくるし、それは藩の力に繋がる」

あまりにも遠い世の出来事すぎて、宗右衛門の話は半分くらいしか理解できてはいない。けれど、色んなどろどろしたものにおとっつあんが巻き込まれてしまったのだということはよく分かった。

「御父上は毅然《きぜん》として断った。だが、そうした命を下したことを明かされるのを恐れて、御父上が客人の膳《ぜん》に毒を混ぜようとしたと風説を流し、口を封じてしまおうとしたのだ。それを察して御父上は藩から逃げたというわけだ」

「そう、だったんですか」

「やがて弟君一派はどんどん劣勢になっていき、あれこれ破れかぶれのことをしでかしてきた。その一つが、御父上を捕らえることだった。殿が毒を入れろと命じたと嘘を言わせることで、逆転の目を狙ったのだ。そうして追っ手がかかり、御父上はおぬし達の前から姿をくらませたのだ」

「これだから侍って奴らはいやあねえ。さっきから話を聞いてると、ずいぶんと勝手な理屈じゃないの」

弥七の言うとおりだ。おとっつあんは何も悪いことをしていないではないか。ただ真面目に料理を作っていただけなのに。それなのに、どうして、こんなに苦しい思いをしなければならないのか。膝の上に置いていた両手をぎゅっと握りしめた。

「返す言葉もない。御父上は、お家騒動に巻き込まれてしまっただけだ。御父上だけでなく、お鈴殿や奥方にも迷惑をかけた。すまなく思う」

宗右衛門はお鈴に頭を下げた。

「だが、弟君が失脚し、一派もみな処分がくだされた。やっと藩が落ち着き、御父上の無実の罪も晴らされたのだ」

「ほ、本当ですか」

弥七が「でもさあ」と口を挟んだ。

「あんたが敵方と通じてるかもしれないじゃない。そう言ってあたし達のことを騙《だま》しておいて、お鈴ちゃんのおとっつあんを捕らえようとしているんじゃないの」

「おぬしの心配はもっともだ。それを解消する証《あかし》は持ち合わせていない。だが、それがしと御父上は幼いころからの親友だ。直接会うことが出来れば、それがしのことを信用してもらえるだろう」

「ふうん、じゃああんたは、お鈴ちゃんのおとっつあんに、その話を伝えに来たってわけなのかい」

「ああ、そのとおりだ。なんとか御父上に無実の罪が晴れたことを伝えようとしたのだが、行方が分からぬ。奥方も亡くなり途方に暮れていたが、お鈴殿が江戸にいることを聞きつけてな。いつか御父上がお鈴殿に会いに来るのではないかと思って、見張っていたのだ。心配をかけてすまなかった」

宗右衛門は再び、深々と頭を下げた。

宗右衛門のことを信用していいのかどうかはよく分からないが、お鈴達に誠実に向き合ってくれているように思えた。

「先にお鈴殿に声をかけて事情を説明しようかとも考えたが、いきなりこんな話をしても逆に不安を募らせてしまうのではないかと思ったのだ。そっと遠くから見守っていたつもりだったが、見破られていたのだな。面目《めんぼく》ない」

「それで、さっきも助けてくれたんですね」

「ああ、おぬし達の後をつけてきたのだ」

「そうだったんですか。ありがとうございました」

「もう。あんたは遠慮して声をかけないし、お鈴ちゃんは遠慮して相談せず店を飛び出すし、みんなが遠慮してややこしくなったんじゃないの」

弥七は口を尖らせてぶつぶつぼやき、お鈴と宗右衛門は「ごめんなさい」「すまぬ」と謝った。

「だいたい、あんたも見張るならちゃんとお鈴ちゃんのこと見張っときなさいよ。もう、こんなしょうもないやくざに攫《さら》われて大変だったんだから」

「いや、それがしも常に常に目を配れるわけではなくてな」

弥七に詰められて弱腰になる宗右衛門。お鈴は「あの」と声をかけた。

「それじゃあ、宗右衛門様もおとっつあんの居場所はご存知ないのですね」

「うむ。それがしもまだ掴めておらぬのだ」

「そうですか」

宗右衛門の言葉が真《まこと》ならば、おとっつあんの無実の罪が晴らされたのは願ってもないことだ。これでもうおとっつあんは逃げ隠れしなくていいし、誇りも取り戻せる。でも、肝心のおとっつあんにその話を告げられなければ意味がないではないか。

怒りと悲しみが綯交《ないま》ぜになった感情が、胸の奥で渦を巻く。その想いのぶつけ先が分からず、お鈴はただ下を向くことしかできなかった。

八

銀次郎と弥七、宗右衛門とお鈴。

四人で並んで夜道を歩く。

宗右衛門からはおとっつあんの小さかった頃の思い出話を聞かせてもらった。おとっつあんにも子どもの時があったんだ、となんだか不思議な気持ちになる。

やがて水道橋が近づいてきたところで、闇夜にぼんやりと浮かぶ影があった。

蕎麦の屋台だった。

こんな夜更けに、人通りが少ない道で店を構えている。しかも少し傾いているようだ。

灯が小さいので、営業しているのではなく、後片付けをしている最中なのかもしれない。

ひゅうと風が吹いた。

ちりん、と鈴が鳴る。

「ねえ」と弥七が言った。

「あれ、もしかして幻の蕎麦屋じゃないの」

「加代さんが言ってた蕎麦屋さんですか」

「そうよ。鈴をつけてるのが目印だって言ってたじゃない。間違いないわよ。ねえ、行ってみましょう」

蕎麦の屋台は、町のそこかしこで見るものと変わらぬ造りだった。年季も入っているようだ。しかし隅々まで磨かれていて、店主の細やかな気遣いが見て取れた。

屋台の下のほうで、ごそごそ動く人がいる。どうやら店主らしく、しゃがんで背中を向けたまま、何か作業をしているようだ。

「ねえ、まだやってるかしら」

「あいすみません。生憎《あいにく》今日はもう店じまいでして」

店主が立ち上がった。

頭に手をやりながら、すまなそうに謝る壮年の男。

お鈴は雷に打たれたように、その場に立ち尽くした。

鈴がちりん、と鳴った。

「おとっつあん」

男はお鈴の顔を見た。目を大きく見開く。

右手に持っていた手ぬぐいが、ぽとりと落ちた
その顔、その声。絶対に忘れるはずがない、おとっつあんのものだった。

「お鈴」

「おとっつあん」

言葉より先に地面を蹴って駆け寄っていた。おとっつあんも屋台の後ろから飛び出し、両手を広げた。その腕の中に勢いよく飛び込んでいく。

ふわりと、おとっつあんの匂いに包まれた。色んな調味料や食材の匂いが混ざり

合った匂い。

ああ、おとっつあんだ。あたしが捜していた、大好きな大好きなおとっつあんだ。

「お鈴、すまない。ずっと会いたかった」

「あたしも。あたしも」

両腕に力を込めて、痛いくらいに強く抱きしめる。もう二度と離ればなれにならないように。

「なになに。どうなってるの。幻の蕎麦屋の店主ってお鈴ちゃんのおとっつあんだったの。もう信じられない」

弥七の言葉におとっつあんは腕の力を緩め、確かめるように周りの人々に目をやった。

と、その動きが止まった。腕をほどいて立ち上がる。

視線の先には、宗右衛門がいた。しばし無言で視線を交わした後、おもむろに近づき、ぐっとお互いを抱きしめた。二人の深い友情を感じさせる抱擁だった。

そして銀次郎に気づいたおとっつあんは、驚き顔で「あなたは」と呟く。

銀次郎は腰を落として深々と頭を下げた。

「その節は、世話になりやした」

おとっつぁんがお鈴達の前から行方をくらませたのは、藩から追っ手がかかったとの報を受けたからだった。このままでは家族に迷惑がかかる。下手に事情を話さずいなくなったほうが、万が一何かを聞かれても襤褸《ぼろ》が出ないし、手がかりを何も知らないのであれば、捕まえられたりもしないだろう。そう思い、泣く泣くひとりで姿を消したそうだ。

江戸に出てからは料理屋を転々とした時期もあったらしい。銀次郎を助けたのもその時だ。だが、一カ所に留まると情も湧くし顔も覚えられてしまう。どうにか場所を移しながら料理に携《たずさ》われないものか。そう思って始めたのが、屋台の蕎麦だった。古い屋台を安く買い取り、日ごとに場所を変えて営業すれば、固定客も付かないし、顔を覚えられることもない。蕎麦が評判になって「幻の蕎麦屋」と噂《うわさ》されることは思いもよらなかったそうだが。

江戸の町に出てきても、残したままの家族のことは常に心にあった。だから、お鈴の名にちなんで屋台に鈴をぶら下げていたらしい。はじめはねぐらにも困ったものだが、各地で営業しているうちに、心優しい住職と知り合い、古寺を毎日清掃するかわり、そこに住まわせてもらっているのだそうな。

ちなみに、普段はこんな遅くまで営業していないのだが、屋台をかつぐ棒が折れてしまい、往生していたとか。なんとか直せないか、作業をしている最中だったのだ。

お鈴もこれまでの経緯を滔々《とうとう》と語り、病でおっかさんが亡くなったことを伝えると、おとっつあんは「すまなかった」と涙を流した。

ひとりで江戸に出てきたこと。銀次郎に助けられて料理屋で働いていること。おとっつあんの偽の手紙に騙《だま》されて売り飛ばされそうになったこと。

おとっつあんはお鈴の手を握り、「苦労をかけてすまない」と詫びた。

そして銀次郎に向き合い、頭を下げた。

「お鈴のこと、誠にありがとうございました。このご恩、感謝してもしきれません」

その手を銀次郎は優しく掬《すく》った。

「顔を上げてくだせえ。俺こそ、旦那に救われた身だ。あの飯がなけりゃあ、今はねえ。旦那は俺の心の恩人でさあ」

＊

宗右衛門は、本人の言うとおりおとっつあんの幼馴染《おさななじみ》だった。古くからの親友で、おとっつあんが濡《ぬ》れ衣《ぎぬ》を着せられた後も、なんとか救おうと手を回してくれていたそうだ。追っ手がかかったとの報せも宗右衛門がよこしてくれたらしい。

宗右衛門はこれまでの事情と、自分が江戸に出てきた理由をひとしきり語った。濡《ぬ》れ衣《ぎぬ》を着せた一派も一掃された。ぜひ再び藩に戻らぬか。

そう言う宗右衛門に、おとっつあんは目を閉じた。

「藩のお役目には、もう興味はない」

「だが、しかし」

「俺はもう、偉い人のために作る料理には興味がないんだ。町で日々をつつましく生きる人達に、腹いっぱい飯を食ってほしい。そして、その道が開けてほしい。これからはそう生きていきたい」

「そうか」

宗右衛門は「おぬしの気持ちは、よく分かる」と呟いて、話を続けた。

「だが、一度藩に戻らぬか。殿が、おぬしに詫びたいとおっしゃっているのだ。殿は、おぬしの料理を食すのが日々の楽しみだった。それが、こたびの一件で償いきれぬ迷惑をかけてしまった。今さら再び仕えてくれとは言えぬが、一言詫びを伝えたい、と」

「そうか、殿が、そんなことを」

「身分だけ戻して、隠居すればいい。亡くなった奥方のためにも、おぬしの汚名はしっかりそそいだほうがいい」

おとっつあんは目をつむり、しばし考えた。ずいぶん長い間、黙考した後、分かった、と一つ頷いた。

「お鈴、俺は一度藩に帰ろうと思う。お前はおとっつあんとおっかさんの故郷に行ったことはなかったな。これからどうするかまだ何も決めていないが、おとっつあんと共に藩に戻るか。そして、一緒に暮らすか」

ずっとずっと会いたかったおとっつあん。その故郷で、二人で暮らす。

きっと今よりも幸せで、苦労も少ない日々が待っていることだろう。

何も迷うことはない。

それなのに、なぜだか、心が揺れた。

「お鈴ちゃん、よかったじゃない。行ってらっしゃいよ」

「行ってこい」

銀次郎と弥七が優しく言葉をかける。

だが、どうしてだろう。すぐに返事が出てこない。

言葉に詰まるお鈴を察して、おとっつあんは、ふっと笑った。

「そうだ、お鈴。蕎麦、食っていかないか」

＊

心棒が折れただけなので、屋台として扱う分には支障がない。

近くにあった井戸から水を汲《く》んできて鍋いっぱいに湯を沸かす。捏《こ》ね鉢を引っ張り出して、粉を入れて混ぜ合わせ、捏《こ》ねて、打っていく。その手さばきは一切の無駄がなく、とんとんと均一に切られていく様は、まるで手妻《てづま》を見ているようだ。

茹《ゆ》でた蕎麦を出汁汁《だしじる》に入れて、出来上がり。

おとっつあんは人数分の蕎麦を振る舞ってくれ、それぞれ近くに腰を下ろして啜る。温かなどんぶりを両手で持つ。昆布出汁の香りが鼻先に広がった。

「うわあ、こんなに香りのいい蕎麦ってはじめて」

弥七が高い声を上げた。

「本当は打った蕎麦をしばらく寝かすんですけどね。今日は打ち立てで勘弁してください」

おとっつあんは申し訳なさそうに言うが、何が足りていないのかさっぱり分からないほど絶品の蕎麦だった。夢中で口に入れる。

そんなに上等な食材を仕入れられるわけではないだろうに、底が見えるほど澄んだ出汁を作れるのは、おとっつあんの丁寧な技ゆえだ。

それに蕎麦。麺の幅がぴしりと整ってコシがある。つるりと食べられるのに、呑み込んだ後も口の中に芳醇《ほうじゅん》な味が残る。

「これは、幻の蕎麦って言われるだけあるわあ」

弥七が唸り、銀次郎は「これは、旨《うま》い」と呟いた。

宗右衛門は「おぬしの言ったことが分かった。悔しいくらいに旨《うま》いな」と笑った。

お鈴はひとり、ある光景を思い出していた。

おとっつあんと、おっかさんと、お鈴。

年の暮れに、煤払《すすばら》いを終えて綺麗になった店で、三人並んで食べる蕎麦。

お鈴がはしゃぎ、おとっつあんが冗談を言い、おっかさんが笑う。

もうあの光景は戻ってはこないけれど、あの時の味だ、と確かに思った。

目に涙が溜まり、袖で拭う。

おとっつあんが歩いてきて、お鈴の隣に座った。

「どうだ、旨いか」

無言でこくりと頷く。

「なあお鈴。お前もすっかり大人になったなあ」

おとっつあんは前を向いたまま、言葉を続ける。

その横顔は、記憶の中の姿よりも皺《しわ》が増えたように見えた。目じりには光るもが浮かんでいる。

「お前によく言ったたな。心と身体が疲れた時には、まず飯だ。旨《うま》いもんで腹いっぱいになれば、道も開ける」

「うん」

「この飯は、お前の道を開く飯だ」

おとっつあんは顔をこちらに向けた。お鈴の目をしっかり見て、含めるように言う。

「お前の人生だ。俺には遠慮するな。お前の本当に行きたい道を行け」

あたしの行きたい道。

それは――

終

からりと看板障子《かんばんしょうじ》が開いた。

「おう、客かい」

暖簾《のれん》から顔を覗かせたのは新之助である。銀次郎はすぐさま不機嫌になり「ふん」と鼻を鳴らした。

「あれ、どうかしたのですか」

奇妙な姿勢のお鈴に気づいて、新之助は戸惑い顔を見せた。

それもそのはず。

小上がりで正座して身体を縮めるお鈴を、その脇で加代がぷりぷり叱っていたのだ。

「どうしたもこうしたもないわよ。もうね、私になんにも相談しないであげくに大変な目に遭ったたっていうじゃない。だからこうしてお説教しているのよ」

「まあまあ、加代ちゃんもそれくらいにしてやんなさいな。お鈴ちゃんも色々あったんだから」

弥七が宥《なだ》め、状況を理解した新之助が加勢する。

「そうですよ。みなさんのおかげで悪党も牢に入れられましたし、よかったではありませんか」

「そもそもね。あんた達がもっとしっかりしてれば、こんなことにならなかったのよ。あんた達も同罪だからね」


あれから岩流一家の連中は、全員しょっ引かれてお縄になった。

新之助に事情を話し、奉行所に動いてもらったのだった。

岩流一家は最近急激に力をつけてきた破落戸集団で、あくどいやり方で女子どもを売り飛ばしたり、頻繁に賭場を開いて堅気に借金をこしらえさせたりなど、奉行所としてもなんとか取り締まらなければと調べが進んでいたそうだ。

巧妙に奉行所の手をすり抜け続けていたが、あくどいやり口で作られた証文が大量に残されていたことから、見事にお縄となった。頭は打ち首か遠島送り。下っ端の連中も最低でも江戸処払いは免《まぬが》れないだろう。

これにて一件落着ではあったのだが、これらの一件を加代が知ったのは数日経ってから。

そもそもお鈴はどうしておとっつあんの件を相談しなかったのかと、怒り心頭でみと屋に押しかけてきたところだった。

こんこんと説教する加代。しかしお鈴には、それがたまらなく嬉しかった。申し訳なく思いつつも、口元がにやついてしまう。

「そういえば、幻の蕎麦屋が姿を見せなくなったともっぱらの噂《うわさ》ですね」

「そうなのよ。私も食べてみたかったのに、どこに消えたのかしら」

気を遣ったのか、新之助が話題を変えた。加代は怒り散らしていたことも忘れ、

「もう、本当に残念」と悔しさを滲《にじ》ませている。切り替えの早さが加代らしい。

「ねえ、弥七さんは幻の蕎麦屋は見つけられたの」

加代に声をかけられ、弥七は「さあてねえ」ととぼけた調子で言った。

「でもきっと、またどこかで出会えるんじゃないかしら。その時は、みんなで食べに行きましょうね」

弥七はお鈴をちらりと見て、口元を緩めた。

小上がりの銀次郎は我関せずで煙管《キセル》をぷかりとふかし、「ふん」と鼻を鳴らした。

炬燵《こたつ》の上で丸くなるくろは、眠そうに欠伸《あくび》をしている。

いつもどおりの、みと屋の光景がそこにあった。

そんな店の様子を見て、お鈴は微笑んだ。

――お前の人生だ。俺には遠慮するな。お前の本当に行きたい道を行け。

お鈴が本当にやりたいこと。

それは、「みと屋で自分の料理を作ること」だ。

そう気づいたお鈴は、おとっつあんと共に藩に行くことを止め、みと屋に残る道を選んだ。

銀次郎や弥七はずいぶん止めたが、みと屋のためではなく自分のために残りたいんだと話すと、おとっつあんがそうしろと送り出してくれた。

「自分で行きたい道を選べるようになったことが、何よりの孝行だ。お前がそう言ってくれて、俺はむしろ誇らしい」

もちろんおとっつあんとまた離れてしまうことは残念だ。しかし、藩の用を済ませたら江戸に戻るかもしれないし、そうでなくても連絡はとることができる。今度の手紙の相手は本物だ。だからか、不思議と寂しさはなかった。

それは、お鈴にとって新たな居場所ができたからかもしれなかった。


「で、そういえば新之助様は、次にお鈴ちゃんとどこに行くの」

「いや、その、あの」

「あれだけあたしが色んなところを教えてあげたでしょう。まだ決めてないってどういうことよ」

「いいえ、しかし、私にも心の準備というものが」

「もう信じらんない。今度途中でお鈴ちゃん置いてったら、あたしが許さないからね」

「ちょっとちょっと面白そうな話してるじゃないの。あたしも交ぜてちょうだいよ」

「てめえら、ここは茶店じゃねえんだぞ」

「もう、親分ったら頭が固いんだから。いいじゃないの、どうせ客なんて来ないんだし。ねえ、くろ」

「うるせえ、ぶっとばすぞ」

元やくざの強面《こわもて》店主と、役者のような二枚目の殺し屋。武士らしからぬ同心と、お転婆な大店《おおだな》のお嬢様。黒猫が一匹。

料理屋なのにまっとうな客は誰もいない、いつものみと屋。

どこよりも奇妙で、どこよりも温かい店。

あたしは、この場所が大好きだ。

からりと看板障子《かんばんしょうじ》が開いた。

ふわりと風が吹き、暖簾《のれん》が舞う。

「おう、客かい」

銀次郎が声をあげ、「いらっしゃいませ」とお鈴は元気よく立ち上がった。

参考文献

「江戸料理読本」松下幸子著　ちくま学芸文庫
「江戸うまいもの歳時記」青木直己著　文春文庫

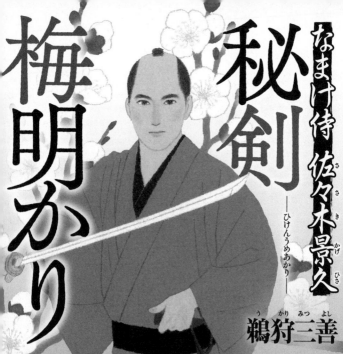

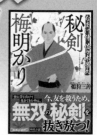

あしでまとい
〈御《ご》城《じょう》下《か》の秘《ひ》技《ぎ》〉
井戸正善
アルファポリス
第7回
歴史・時代小説大賞
大賞受賞作
新進気鋭の作家が描く
剣と人情の感動譚!!
隠居武士、空閑政頼のもとに旧友が老中の暗殺を依頼しにきた。最初は断ろうとした政頼だが、空閑家を継いだ義息子の陽一郎が老中の護衛に抜擢されたと聞き、考えが変わる。陽一郎に遺す金を手に入れるために暗殺を成功させ、かつ護衛の陽一郎に手柄を立たせる。そんな無理難題をやり遂げるための策を講じた政頼は、陽一郎に自身が受け継いだ秘技『無明』を伝授することに決める。政頼の真意は——
あしでまとい
〈御城下の秘技〉
井戸正善
隠居し床に伏せる老武士、空閑政頼。家を継いだ義息子に秘技を伝授するが、その真意は——!?
新進気鋭の作家が描く
剣と人情の感動譚
歴史・時代小説大賞
大賞受賞作
時代小説
©定価：737円（10%税込）
©ISBN978-4-434-31004-1
©illustration：浅野隆広

訳あって弟と共に江戸にやってきたきよ。父の知人が営む料理屋『千川』で、弟は配膳係として、きよは下働きとして働くことになったのだが、ひょんなことからきよが作った料理が店で出されることになって……

◎各定価:737円(10%税込)

◎Illustration:丹地陽子

江戸は谷中で用心棒稼業を営み、「閻羅遮」と畏れられる男、萩尾大楽。家督を譲った弟が脱藩したことを報された彼は、裏の事情を探り始める。そこで見えてきたのは、御禁制品である阿芙蓉（アヘン）の密輸を巡り、江戸と九州の故郷に黒い繋がりがあること。大楽は弟を守るべく、強大な敵に立ち向かっていく——閻魔の行く手すら遮る男が、権謀術数渦巻く闇を往く!

◎定価：792円（10%税込み）　◎ISBN978-4-434-29524-9　◎Illustration：松山ゆう

この作品に対する皆様のご意見・ご感想をお待ちしております。

おハガキ・お手紙は以下の宛先にお送りください。

【宛先】

〒150-6008 東京都渋谷区恵比寿4-20-3 恵比寿ｶﾞｰﾃﾞﾝﾌﾟﾚｲｽﾀﾜｰ 8F
（株）アルファポリス　書籍感想係

メールフォームでのご意見・ご感想は右のＱＲコードから、
あるいは以下のワードで検索をかけてください。

アルファポリス　書籍の感想　検索

ご感想はこちらから

アルファポリス文庫

料理屋《りょうりや》おやぶん　～迷《まよ》い猫《ねこ》のあったかお出汁《だし》～

千川冬（せんかわとう）

2022年 10月 30日初版発行

編　集－反田理美
編集長－倉持真理
発行者－梶本雄介
発行所－株式会社アルファポリス
〒150-6008東京都渋谷区恵比寿4-20-3 恵比寿ｶﾞｰﾃﾞﾝﾌﾟﾚｲｽﾀﾜｰ8F
TEL 03-6277-1601（営業） 03-6277-1602（編集）
URL https://www.alphapolis.co.jp/
発売元－株式会社星雲社（共同出版社・流通責任出版社）
〒112-0005 東京都文京区水道1-3-30
TEL 03-3868-3275
装丁イラスト－ゆうこ
装丁デザイン－西村弘美
印刷－中央精版印刷株式会社

価格はカバーに表示されてあります。

落丁乱丁の場合はアルファポリスまでご連絡ください。

送料は小社負担でお取り替えします。


ISBN978-4-434-31006-5 C0193